Niina Jormanainen

Tärkeimmän tiedät

© 2016 Niina Jormanainen
Kustantaja: BoD – Books on Demand, Helsinki, Suomi
Valmistaja: BoD – Books on Demand, Norderstedt, Saksa
ISBN: 978-952-330-422-2

Omistettu kaikille pois nukkuneille.
Kaipuu on suuri ja sanaton.

1. Päätös

Emilia käveli sairaalan käytävää muoviin pakattu neilikkakimppu kädestään roikkuen ja suuntasi neloskerroksessa huonetta numero 306 kohden, kuten viimeisen vuoden aikana lähes joka päivä. Sairaalan käytävä oli hiljainen ja hoitajat tervehtivät häntä vastaan tullessaan. Hän saapui ovelle ja avasi sen haistaen tutun, hieman ummehtuneen hajun, mikä huoneesta tuli. Hän suuntasi viimeisen vuodepaikan luo ja laski neilikkakimpun vuoteen jalkopäähän.

"Hei rakas," hän sanoi ja suuteli miehen nukkuvia kasvoja. Hän siveli kädellään miehen poskea, johon oli päässyt kasvamaan taas parransänkeä.

Miksei kukaan ole taas ajellut partaasi?

Emilia huokaisi syvään, vapautti neilikat paketistaan, nostaen ne maljakkoon ja asetteli niitä paikoilleen. Hän laski sairaalavuoteen laidan, istuutui tuolille vuoteen viereen ja nosti miehen käden poskeansa vasten. Käsi oli viileä ja eloton, eikä se vieläkään tarttunut hänen kasvoihinsa ja silittänyt niitä hellästi, kuten ennen oli tehnyt.

7

Voi miksi et voi liikauttaa edes hetkellisesti sormeasi? Anna minulle toivoa Ville! Emilia nojautui miehen vuodetta vasten ja kuunteli, kuinka hengityslaite puhalsi ilmaa miehen keuhkoihin tasaisesti.

"Siitä on nyt tasan vuosi, etkä vieläkään ole herännyt," Emilia sanoi hiljaa ja nosti kätensä miehen rintakehälle, "olen rukoillut sitä jokainen päivä, mutta sinä et vain palaa luokseni. Olen yksinäinen Ville."

Ville ei vastannut mitään, kuten oli odotettavissa ja Emiliakaan ei sanonut enää mitään. Emilian sydän oli tyhjä, eikä hän tiennyt miten hänen pitäisi jatkaa. Hän kävi Villen luona niin usein, kuin pystyi työltään ja piti huolta, ettei hänelle jäänyt liikaa vapaa-aikaa, jotta sai pidettyä ajatuksensa erossa tapahtuneista asioista. Työ oli ainut asia mikä piti hänet järjissään kaiken tyhjyyden keskellä. Töissä hän ei ehtinyt miettiä mitä hän oli menettänyt ja hän ei ehtinyt toivoa, että kävisi jokin ihme, joka herättäisi Villen koomasta, vaikka hän tiesi vallan hyvin, ettei sellaista ihmettä tulisi käymään. Silti oli liian masentavaa lopettaa toivominen ja luopua Villestä, kun tuntui, ettei hänelle olisi jäänyt enää mitään miksi jaksaa herätä aamuisin.

"Emilia," Emilia kuuli nimensä ja säpsähti ylös katsoen ympärilleen unisena, "oletko ollut taas koko päivän täällä?"

Oho, olenko nukahtanut?

"Mitä kello on," Emilia sai kysyttyä hämmennykseltään. Ulkona oli jo pimeää.

"Seitsemän," Villen äiti Marja sanoi ja nosti tuolin Emilian viereen.

"Ei minun pitänyt olla kuin tunti, mutta nukahdin näemmä," Emilia sanoi ja yritti saada itsensä hereille kunnolla.

"Oletko taas tehnyt ylitöitä paljon," Marja kysyi ja kosketti Emilian hartiaa.

Kyllä olen ja aivan tarkoituksella.

"On ollut kiirettä," Emilia sanoi huokaisten ja katsoi ulos pimeyteen, "he haluavat töissä minut ulkomaanprojektiin ja meidän pitäisi lähteä Turkkiin avaamaan seuraavaa hotellia, enkä ole varma olenko kykeneväinen lähtemään sinne."

"Miksi et olisi kykeneväinen," Marja kysyi nostaen kulmiaan.

Koska Ville ei ole siellä.

"Se olisi ainakin vuoden projekti ja en voisi käydä Villen luona, kun olen siellä," Emilia sanoi.

"Mihin sinä luulet Villen katoavan täältä," Marja kysyi huokaisten.

"Mutta haluan olla täällä jos," Emilia keskeytti lauseensa ja painoi katseensa lattiaan. Hän tunsi Marjan pistävän katseen, "minun pitäisi olla kai joulukin siellä."

"Tiedät varsin hyvin, ettei Ville enää herää Emilia," Marja sanoi ja tarttui hänen käteensä, "meidän täytyy päästää irti ja päästää Ville lepoon."

Miksi kaikki ovat luopuneet toivosta?

"Ei," Emilia sanoi ja nousi ylös tuolista, "ei saa luopua toivosta."

"Toivo ei enää auta," Marja sanoi pudistellen päätään ja tarttui samalla Villen käteen, "kyllä minä täällä käyn, sinä tiedät sen."

"No tiedän, mutta," Emilia oli hetken hiljaa, "mutta olisi se silti niin pitkä matka."

"Se voisi tehdä hyvää sinulle, sillä pitäähän sinun jatkaa elämää, etkä voi loputtomiin istua täällä päivittäin aivokuolleen miehen luona, jota pidetään väkisin hengissä."

Olisit joskus vain hiljaa Marja. Pakko päästä pois, etten hermostu.

Emilia katsoi Marjaa vihaisena ja otti takkinsa juosten samalla ulos. Marja osasi olla inhottavan suorasanainen toisinaan. Emilia kuuli Marjan huutavan nimeään, mutta hän juoksi portaisiin ja juoksi ne alas niin lujaa, kun pääsi.

Syksyinen tuuli puhalsi hänen kasvoihinsa ulkona, mutta Emilia puki takkinsa vasta kun oli kävellyt jo pitkän matkan ja ymmärsi palelevansa. Emilia tiesi, ettei voisi jatkaa näin, mutta miksi eteenpäin meneminen oli niin raskasta? Moni muu olisi varmasti toipunut jo vuoden aikana siitä, että oli menettänyt aviomiehensä, mutta Emilia ei vain voinut päästää Villestä irti, sillä sitten hänellä ei olisi enää mitään. Olisi liian raskasta aloittaa kaikki alusta ja mitä hän tekisi vapaa-aikana, kun hänellä ei enää olisi mitään paikkaa minne mennä töiden jälkeen? Pitäisikö hänen todella tarttua tähän tilaisuuteen ja heittäytyä ulkomaan projektiin mukaan? Tällaista mahdollisuutta ei varmasti tulisi ihan heti toista ja hän voisi jatkaa urallaan eteenpäin. Emilia puri huultaan ja veti vielä sormikkaat käteensä, ainakin Turkissa olisi lämpöisempää, kuin Suomessa ja toisaalta hän voisi tehdä vuorokauden ympäri töitä ilman, että pitäisi ajatella mitään muuta. Emilia päätti nukkua yön yli ja harkita asiaa vakavasti.

Emilia suoristeli kokoushuoneen servietit vielä ja putsasi pöydältä muutaman tahran. *Joudun nykyisin aina siivoamaan kokousjärjestäjien jälkiä, kun heillä ei ole silmää katsoa paikkoja siistiksi.* Emilia siirteli tuolit vielä parempaan järjestykseen, siirsi vesikannun toiseen paikkaan ja lähti ulos huoneesta. Hän suuntasi kohti työhuonettansa hakemaan hotellin omistajalle laatimansa raportin, joka hänen piti luovuttaa tälle. Emilian työnantaja ja hotellin omistaja oli Lasse Hietala, jonka luottohenkilö Emilia oli ollut työssään jo vuosia. Hän oli ollut perustamassa useampaa Lassen omistamaa hotellia Suomessa ja nyt Lasse oli tarjonnut hänelle mahdollisuuden lähteä Turkkiin. Kokous Turkkiin lähtijöiden kesken olisi tänään huoneessa, jonka Emilia oli juuri tarkistanut kuntoon ja hän ei osannut vieläkään sanoa halusiko lähteä matkalle vai ei.

Emilia koputti Lassen oveen ja näytti raporttiaan tälle. Lasse nyökkäsi merkiksi, että Emilia voisi tulla sisälle.

"Et ole vieläkään antanut vastaustasi lähdöstäsi," Lasse sanoi ja katsoi lukulasiensa yli Emiliaa.

Älä kiltti painosta minua.

"En minä tiedä mitä tekisin sen kanssa," Emilia huokaisi ja istuutui Lassen pöydän toiselle puolella ja mutristi suutaan, "sinä tiedät, että minun on vaikea lähteä täältä tällä hetkellä."

"En haluaisi olla töykeä, mutta en oikeastaan aio antaa sinulle vaihtoehtoja tässä asiassa," Lasse sanoi ja otti lukulasit pois päästään, "toivoin, ettei minun tarvitsisi pakottaa sinua ja ajattelisit järjellä tämän tilanteen, mutta näyttää siltä, ettet jätä minulle vaihtoehtoja."

Et voi pakottaa minua lähtemään!

"Entä jos irtisanon itseni," Emilia sanoi ja kallisti päätään.

"Et usko itsekään, että tekisit niin," Lasse naurahti ja kallistui tuolissaan taakse päin huvittuneena, "eihän sinulla ole muuta kuin tämä työ, eikä sinua meinaa saada täältä nykyisin pois. Teet kokousjärjestäjätkin pian työttömiksi, kun hoidat heidänkin tehtävänsä."

Mutta kun he tekevät työnsä huonosti!

"Sinä tiedät, että työni on minulle tärkeää," Emilia huokaisi, "ja olet oikeassa, en minä täältä

13

minnekään lähde, mutta en minä halua lähteä Turkkiin."

"Sinä lähdet. Tulet tänään esittelypalaveriin ja tapaat tulevat tiimisi jäsenet," Lasse nosti raportin pöydältä ja laittoi lukulasit päähänsä, "ajattele, että teet palveluksen minulle, kun pelastin sinut totaaliselta erakoitumiselta Villen onnettomuuden jälkeen."

Anteeksi mitä?

Emilia tuhahti ja nousi huokaisten ylös. Hän suuntasi työhuoneellensa ja istuutui ärsyyntyneenä työtuoliinsa. Hän ei osannut arvata, että Lasse vetäisi vielä jonkinlaisen pelastuskorttinsa esiin, pakottaessaan hänet lähtemään. Olihan Lasse toisaalta oikeassa siinä, että oli tullut kuukausi Villen onnettomuuden jälkeen hänen kotiinsa ja raahannut hänet väkisin työelämään takaisin kaiken surun keskeltä, mutta Lasse oli käyttänyt sanoja "en pärjää ilman sinua töissä" ja saanut sillä Emilian palaamaan. Nyt Lasse olikin sitten tehnyt hänelle palveluksen sillä?

Voi helvetin perkele! Viimeinen vuosi on ollut aivan kamala ja nyt vielä tämä kaiken päälle. Välillä toivon, että se olisin minä joka sinne auton alle olisi jäänyt.

14

"Emilia tässä on uusi hotellimme yksityislentäjä Sebastian Kajander," Emilia havahtui Lassen ääneen, "antaisitko hänelle tiedot asiakkaista, joita lennätetään hotelliin ulkomailta."

Koputtaminen olisi hyvä tapa ilmaista, että on asiaa.

"Annan," Emilia sanoi ja loi katseen pitkään ja raamikkaaseen mieheen Lassen vierellä. Sebastianilla oli tummat hiukset ja hän oli ruskeasilmäinen. Hänen olemuksensa oli jotenkin ylimielisen oloinen.

"Hyvä. Tulet tekemään Sebastianin kanssa yhteistyötä jonkin verran, sillä hän lentää tästä lähtien ne lennot, joille lähdet hakemaan asiakkaita," Lasse sanoi ja jatkoi Englanniksi Sebastianille, "hän lähtee meiltä täältä asiakaspalveluvastaavaksi Turkkiin."

Niin koska sinä pakotat minut lähtemään.

"Emilia Lehto," Emilia ojensi kätensä.

Mies tarttui siihen lämpöisellä kädellään ja puristi voimakkaasti hymyillen, "Sebastian Kajander."

"Istu alas," Emilia sanoi ja näytti sohvaa huoneensa seinustalla. Lasse lähti takaisin omaan työhuoneeseensa jättäen Emilian kahden Sebastianin kanssa.

"Oletko lentänyt kauankin," Emilia kysyi ja etsi kaapistaan arkiston ulkomaan asiakkaistaan.

"Olen minä kymmenen vuotta," Sebastian sanoi ja Emilia tunsi, kuinka mies tuijotti hänen selkäänsä.

"Hyvä," Emilia sanoi ja istuutui pöytänsä ääreen, "inhoan nimittäin lentämistä ja olisi kamalaa lentää aloittelijan kanssa."

"Älä huoli. Pidän sinut kyllä ilmassa," Sebastian naurahti ja nosti käsivartensa sohvan selkänojalle kuin olisi maailman omistaja, "en minä kauniita naisia päästä putoamaan."

Ai olet tuollainen mielistelijä.

"Vai kauniita," Emilia sanoi ja tunsi punastuvansa, vaikka ei ollutkaan erityisen otettu miehen huomiosta, "no mutta ainakin tällä kertaa tunnen lentäjän. Yleensä on ollut vaan joku, kuka on saatu lähtemään matkaan."

"Lupauduin hoitamaan Lassenkin lennot, kun lennän vanhempieni lentoja. He ovat mukana Turkin projektissa myös," Sebastian sanoi.

Olet komea mies, mutta miksi sinun olemuksesi täyttää koko huoneen. En oikein tiedä pidänkö siitä vai en. Sinun silmäsi ovat silti ystävälliset. Itse asiassa todella ystävälliset.

"Tulee ainakin upea vuosi, kun saa olla etelän lämmössä," Sebastian sanoi ja mittaili katseellaan Emiliaa, "eikä minua haittaa yhtään, että työkaverini tuovat silmän iloa."

En kestä, jos hän on tuollainen mielistelijä! Pisimmät lentomme tulevat olemaan yli kymmenen tunnin mittaisia ja jos hän luulee, että minä pidän tuollaisesta, niin hän on todella väärässä.

"Minä en niin pidä etelän lämmöstä, enkä minä välittäisi lähteä ollenkaan Turkkiin, mutta minulle ei annettu vaihtoehtoja. Enkä minä todellakaan pidä mielistelijöistä," Emilia totesi saadakseen Sebastianin vaikenemaan.

Sebastian katsoi vakavana Emiliaa ja Emilia tunsi piston sydämessään, kun oli sanonut niin suoraan Sebastianille mielipiteensä.

"Anteeksi," Emilia huokaisi, "minulla on ollut todella rankka vuosi ja tämä lähtö ei kuulunut suunnitelmiini."

"Ymmärrän," Sebastian sanoi ja nousi ylös, "en minä halua ärsyttää sinua enempää. Jos vain annat ne paperit, niin menen aulaan kahville lukemaan niitä."

"Ei sinun tarvitse lähteä," Emilia sanoi ja ojensi paperipinon Sebastianille, "haen sinulle kahvia ja voin kertoa asiakkaista. Älä välitä minun äksyilystäni."

Olen aivan kamala ihminen, kun puran ärtymykseni ventovieraaseen ihmiseen.

"Hyvä on, mutta jos ärsytän sinua, niin heitä minut ulos," Sebastian sanoi samalla kun hän otti paperipinon Emilian kädestä, "ja lupaan että käyttäydyn asiallisesti, kun lennätän sinua. Et selvästi ole kovin huumorintajuinen."

"Olen minä huumorintajuinen," Emilia meni oven pieleen ja katsoi Sebastianin ruskeita silmiä hymyillen, "osuit vaan luokseni huonoon väliin."

Emilia haki kahvia heille ja he istuutuivat katsomaan asiakastietoja läpi.

Kokoushuone täyttyi ihmisitä ja Emilia istuutui ison kokouspöydän ääreen. Pian selviäisi milloin hän lentäisi Turkkiin Laraan aloittamaan uuden työnkuvansa ja uuden sivun elämässään. Huoneeseen saapui turkkilaisia miehiä ja naisia ja oletettavasti kaikki olivat jollain tavalla mukana hotellin perustamisessa. Sihteerit kaatoivat kahvia kuppeihin ja viimeinkin huoneen ovi suljettiin ja kokous päästin aloittamaan.

Lasse Hietala alkoi selostaa mistä oli kyse. Hän kertoi, että uusi hotelli olisi viiden tähden isoin ja upein hotelli mitä Laran rannalle olisi tähän mennessä rakennettu. Lara sijaitsi Antalyassa ja oli luksusmatkailijoiden aluetta. Tarkoitus olisi saada hotelliin varakkaita asiakkaita ja saada hotellin ykkösluokkainen maine leviämään maailmalle parhaana hotellina maailmassa. Hotelliin oli sijoittanut osansa Emilian työnantaja, turkkilainen miljonääri perheineen ja ruotsalainen sijoittaja, joka oli Sebastianin isä. Huoneessa paikalla olivat kaikki, jotka tulisivat toimimaan hotellin käyttöönotossa tulevien kuukausien aikana ja heillä olisi kolme kuukautta saada hotelli lopulliseen valmiuteensa ja kouluttaa henkilökunta ensiluokkaisiksi osaajiksi.

Emilia seurasi katseellaan ihmisiä huoneessa. Kaikki olivat pukeutuneet asiallisesti ja näyttivät vakavilta kuunnellessaan Lassen puhetta hotellista. Lopulta Lasse pyysi kaikki kolme omistajaa paikalle ja esitteli heidät. Lasse itse oli vähän alta viisikymmentävuotias, tiukka, mutta reilu työnantaja. Emilia oli päässyt etenemään urallaan hyvin Lassen alaisena ja mies palkitsi hyvät työntekijät osaamistaidoistaan, joissa Emilia oli loistanut asiakaspalveluosaamisellaan. Emilia oli hyvä työssään ja rakasti sitä, vaikka kiire aiheuttikin toisinaan reilusti ylityötunteja, mutta viimeisen vuoden aikana se ei ollut haitannut yhtään. Suomessa tätä uutta tulevaa hotellia vastaavia hotelleja ei ollut ja tuskin tultaisiin koskaan näkemäänkään Suomen lainsäädäntöjen vuoksi.

Lopulta Lassen lisäksi eteen saapui kaksi muuta miestä, turkkilainen Hassad Özturk ja Ruotsalainen Arvid Kajander. Miehet esittelivät itsensä ja kertoivat osallistumisestaan hotellin perustamiseen, sekä kertoivat mitä muita hotelleja heille kuului. Kaikki kolme miestä omistivat useamman hotellin omissa maissaan, mutta Lasselle hotelli oli ensimmäinen ulkomaan sijoitus.

Kun miehet olivat esitelleet itsensä, oli aika kertoa heidän mukanaan tuomista ihmisistä. Jokaisella miehellä oli oma työntekijänsä varattuna samoihin työtehtäviin, joten Emilian kohtalo olisi tehdä yhteistyötä kahden muun kanssa omana tiiminään. Ensimmäisenä esiteltiin tulevat hotellin johtajat, joita oli kolme, niin että aluksi perustajamiehet toimisivat johtajien kanssa ensimmäisen vuoden ainakin mukana. Johtajiksi oli valittu kolme miestä ja kaikki olivat tiukan oloisia. He esittäytyivät ja istuutuivat vierekkäin pöydän ääreen. Seuraavaksi esiteltiin henkilökuntaesimiehet. Kaikilla oli omat tehtävänsä, mutta silti he tekisivät yhteistyötä palkatessaan henkilökuntaa hotelliin.

Emilia sai omaan tiimiinsä turkkilaisen naisen Damlanin ja Ruotsalaisen Gretan. He kaikki olivat toimineet asiakaspalveluvastaavina työpaikoissaan ja tulisivat vastaamaan perustuskauden asiakaspalvelusta ja varmistamaan ihmisten viihtyvyyden, sekä varmistamaan hotellin toiminnan työntekijöiden kanssa. Työhön kuuluisi aluksi sisustamista ja viihtyvyyden lisäämistä. Hotellin avauduttua he kiertäisivät haastattelemassa asiakkaita ja tarkkailisivat työntekijöitä, puuttuen kaikkiin epäkohtiin joita huomaisivat.

Hotelliin esiteltiin vielä viisi muutakin tiimiä ja lopulta esiteltiin hotellin oma lentäjä, joka hoitaisi henkilökunnan ja asiakkaiden kuljettamisen lentokoneella tai helikopterilla, riippuen tarpeesta. Tämän lentäjän Emilia olikin jo tavannut. Emilia ei taaskaan voinut olla kiinnittämättä huomiotansa

Sebastianin komeaan olemukseen. Mies oli suunnilleen Emilian itsensä ikäinen, eli reilu kolmekymmentä ja oli pukeutunut valkoiseen kauluspaitaan ja tummiin puvun housuihin. Mies oli varmasti jokaisen naisen unelma, mutta miehen kasvoilta näkyi itsevarmuus ja ylpeys, eikä sellaiset piirteet varsinaisesti olleet Emilian mielestä eduksi miehelle. Sebastian lennättäisi heidät viikon kuluttua Turkkiin tutustumaan työpaikkaansa ja he kaikki pääsisivät puurtamaan hotellin avaamisen eteen.

Heille esiteltiin hotellin piirustukset ja näytettiin kuvia siitä mitä oli saatu jo valmiiksi. Hotellista tulisi upea, sillä kuvat olivat nyt jo kuin sadusta. Kun kaikki oli käyty läpi, he suuntasivat ravintolaan syömään. Ravintolassa he istuutuivat uusien työtovereidensa kanssa pöytäkunnittain, jotta saisivat tutustua toisiinsa. Emilia pysyi hiljaa, mutta Greta ja Damlan tuntuivat olevan puheliaita. Ruokaan sisältyi ruokajuomat ja Emiliakin alkoi tuntea olonsa rennommaksi uusien ihmisten parissa.

"Onko täällä mitään hyvää jatkopaikkaa, minne voisimme mennä tämän jälkeen," Greta kysyi ja hänen siniset silmänsä säkenöivät innosta.

"Onhan täällä montakin hyvää paikkaa, mutta en tiedä jaksanko itse lähteä enää jatkoille minnekään," Emilia sanoi ja mietti koska olisi viimeksi ollut iltaa istumassa edes näin, miten he nyt olivat. Aina toisinaan työn puolesta oli pakko käydä syömässä, mutta ei hän ollut Villen onnettomuuden jälkeen käynyt missään viihteellä.

"Voisin lähteä myös mukaan, kun nyt kerran olen Suomeen asti päässyt," Damlan sanoi hymyillen ja vinkkasi silmää heille, "pitää nähdä millaisten työkavereiden kanssa olen tekemisissä,"

En edes muista enää mikä yökerho on, kun en ole niissä käynyt. Pitäisiköhän minun kuitenkin mennä mukaan?

"Tässä olisi kyllä lähellä yksi yökerho, jossa olen käynyt joskus, mutta en ole itse oikein yökerhoihminen," Emilia sanoi ja hymyili Gretalle ja Damlanille.

He olivat kaikki täysin erilaisia ulkonäöltään. Gretalla oli pitkät vaaleat hiukset, valkoinen iho ja siniset silmät, kun taas Damlan oli tummaihoinen, mustahiuksinen ja ruskeasilmäinen ja Emilia puolestaan oli tummempi iholtaan kuin Greta, mutta silti vaalea myös ja hänellä oli tummanruskeat pitkät hiukset. Kaikki olivat kauniita ja edustavia naisia, joista asiakkaat saisivat ulkonäöllisesti hyvän kuvan hotellin edustajina.

"Luulen, että täältä olisi muitakin lähdössä jatkoille, sillä tiedän, että me ruotsalaiset ainakin aiomme jatkoille," Greta sanoi.

Tuleekohan se lentäjäkin mukaan? Hänessä on jotain ylimielistä, mutta silti hän viehättää minua jollain ihmeellisellä tavalla.

Emilia nyökkäsi päätään suostumuksensa merkiksi. Toivottavasti Greta ja Damlan eivät olisi kovia juhlijoita, sillä Emilia ei siitä niin välittänyt nykyisin.

Lopulta he olivat syöneet ruokansa ja suuntasivat jatkopaikkaansa. Heitä lähti yllättävän suuri joukko matkaan ja kaikki ihmiset vaikuttivat mukavilta. Emilia koki tulevansa toimeen hyvin nauravaisen Gretan ja hieman vakavamman Damlanin kanssa. Yökerhossa oli vielä hiljaista, sillä kello oli vasta yksitoista, joten he saivat omalle seurueelleen hyvin paikat varattua ja istuutuivat juttelemaan sinne. Turkkilaisia baariin saapui selvästi vähemmän kuin ruotsalaisia ja Emilia katseli Sebastiania, joka naureskeli valkoiset hampaat näkyen miesporukassa. Sebastianin hymy oli kaunis ja mies oli muutenkin upea.

"Sebastian on aika komea, eikö olekin," Greta nojautui Emiliaa kohden.

On, ehkä komein mies mitä olen nähnyt! Tosin taidan olla melko humalassa, kun katselen häntä ajatellen millaista olisi hypätä hänen sänkyynsä.

"Onhan hän ihan hyvännäköinen," Emilia myönsi, "mutta hänessä on jotakin mistä en pidä."

Se liiallinen itsevarmuus.

"Hän on sellainen naistenmies, joka harrastaa seksiä kaikkien kanssa, jotka vaan antautuvat hänelle, joten kannattaa pysyä kaukana hänestä," Greta naurahti ja otti hörpyn juomastaan, "mutta jos haluaa saada seksiä ja päästä hänen valloituksiinsa, niin sitten tietysti."

Minä en onneksi ole sellainen, joka haksahtaa sellaisiin miehiin, enhän?

"Oletko sitten itse ollut hänen kanssaan," Emilia kysyi kiinnostuneena.

"Hyi en, minä en harrasta sellaista," Greta naurahti, "minulla on aviomies Ruotsissa ja en vaihtaisi häntä Sebastianiin, mutta olen katsellut Sebastianin toimia useamman vuoden, kun olen kulkenut hänen kanssaan samoissa tilaisuuksissa eri hotelleissa. Sebastian on oikein pilalle lellitty rikkaan perheen poika."

Ei ihme, että hän on sellainen, jos naiset haluavat häntä vain rahan takia. Toisaalta sääli, jos raha tekee idiootiksi luonteeltaan.

"Hänellä ei ilmeisimminkään ole ketään naista," Emilian oli pakko kysyä ja hän mietti miksi toiset syntyivät kultalusikka suussaan ja käyttäytyvät sallitusti huonosti.

"On hänellä, mutta aina eri nainen," Greta purskahti nauruun, "miten sinä, oletko naimisissa?"

En halua puhua siitä!

"Olen minä," Emilia sanoi ja katsoi kihla- ja vihkisormuksiaan.

"Tulee pitkä vuosi, kun näkee toisen vain hetkittäin," Greta sanoi vakavana, "mutta uskon että kokemuksena tämä on sen kaiken arvoista."

Minä en oikeastaan ole nähnyt hänestä muutenkaan kuin vain ulkokuoren vuoden ajan.

"Aivan varmasti," Emilia sanoi hymyillen ja hän piti Gretasta. Greta oli iloinen ja puhelias ja tuntui mukavalta kohdata ihminen, joka ei säälinyt häntä tai kysellyt miten Ville voi ja voivotellut tilannetta.

Ehkäpä Turkkiin lähtö oli sittenkin hyvä idea, ainakin nyt alkoi tuntua siltä, tai sitten pieni humalatila sai sen aikaan.

Lopulta he tanssivat tanssilattialla ja Emilia huomasi nauttivansa illanvietosta, mihin hän ei ollut kyennyt pitkään aikaan. Hänen kaikki ystävänsä olivat kaikonneet Villen onnettomuuden myötä, eikä hän itsekään ollut tehnyt mitään pitääkseen heitä lähellään.

Joku kantoi koko ajan shotteja pöytään ja lopulta Emilia huomasi tanssivansa tanssilavalla Gretan kanssa. Tällaista hän oli kaivannut ja mietti miksi hän ei ollut lähtenyt viihteelle aiemmin. Ruotsalaiset tuntuivat olevan kaikki meno päällä ja olivat vallanneet Emilian ja Gretan edestä tilaa tanssilavalla. Kello lähentyi puolta neljää ja baarissa alkoi soida hitaat kappaleet. Emilia poistui tanssilavalta Gretan kanssa ja he istuutuivat pöytään juttelemaan.

"Saanko viedä sinut tanssimaan," Sebastian ojensi kätensä Emilialle.

Kyllä saat! Mutta olen liian humalassa, joten älä yritä mitään typerää.

"En tiedä, olen kuullut, että olet luonteeltasi naistenmies," Emilia sanoi hymyillen ja upposi samalla Sebastianin ruskeisiin silmiin.

"No sitten minä kai olen myös vähän sinun mies, jos kerran olen naistenmies," Sebastian vinkkasi silmäänsä ja tarttui Emilian käteen, "tule."

Voisit todellakin olla minun mies, jos Villeä ei olisi.

Emilia seurasi Sebastiania tanssilattialle ja antoi miehen tarttua vyötäisilleen. Emilia painoi päänsä Sebastianin rintaa vasten ja tanssi mukana. Näin hän oli joskus tanssinut Villenkin kanssa. Tuntui hyvältä olla jonkun syleilyssä ja vietävissä.

"Lupasin käyttäytyä kunnolla, mutta minun täytyy silti sanoa, että näytät kyllä todella hyvältä," Sebastian sanoi ja silitti Emilian selkää.

Tänään minustakin tuntuu, että olen hyvännäköinen.

"Tiedän. Ehkä et pysty sittenkään lentämään kanssani, jos kauneuteni sokaisee sinut," Emilia sanoi naurahtaen ja katsoi Sebastiania silmiin. Miehen silmissä näkyi leikkisä hymy.

"Voisit lähteä jatkoille kanssani hotellihuoneeseeni," Sebastian sanoi hymyillen.

Kyllä! Olisi ihanaa tuntea miehen kosketus, mutta olet vain väärä mies minulle.

"En ole sellainen nainen, joka lähtee tuntemattoman miehen matkaan," Emilia sanoi ja mieheltä saatu huomio tuntui hyvältä, vaikka hän tiesi Sebastianin haluavan hänestä vain yhtä asiaa.

"En minä pian ole kovin tuntematon, kun teemme seuraavan vuoden yhteistyötä," Sebastian väläytti itsevarman hymyn.

Totta, olet aika välkky, ottaen huomioon millainen mies olet.

"En sekaannu työkavereihini," Emilia sanoi ja laski katseensa Sebastianin rintaan.

"Hmm, mielenkiintoista. Saan tehdä työtä sen eteen, että saan valloitettua sinut," Sebastian sanoi ja hänestä huokui innostus asian suhteen.

Ei älä yritä tehdä töitä sen eteen, sillä haluaisin nyt jo jostain syystä niin suudella sinua!

"Takaan, että minua sinä et saa sänkyysi kaatumaan," Emilia sanoi nauraen, "minua varoitettiin sinusta ja olet todella väärässä, jos luulet minun olevan sellainen, joka makaa tuollaisten kanssa."

Ehkä toisenlaisissa olosuhteissa olisit jo kaatanut minut sänkyysi.

"Lyödäänkö vetoa siitä," Sebastian kysyi innostunut virnistys kasvoillaan, "haluan sinut."

"Voit lyödä keskenäsi vetoa asiasta, mutta saat tehdä töitä minun sänkyyn kaatamiseksi loppuelämäsi," Emilia sanoi silmiään siristäen ja katsoi taas Sebastianin silmiin. Miksi hän jäi taas kiinni Sebastianin kasvoihin. Oliko vuoden seksittömyys saanut hänet näin sekaisin, että Sebastianin katsominen sai hänessä jotain värähtämään ja hänen teki mieli suudella Sebastiania. Tämän kaiken oli pakko johtua alkoholista, jota hän oli juonut niin paljon illan aikana, että krapula olisi varma asia aamulla herätessä.

"En olisi siitä niin varma," Sebastian sanoi ja läheni hänen kasvojaan. Sebastian otti hellästi kiinni hänen leuastaan, "voisin saada sinut hetkeksi unohtamaan kaiken muun."

Jos saisit minut unohtamaan, niin voisit tehdä mitä vain se vaatisi. Älä vain suutele minua, tai lähden mukaasi.

"Unohtaa minä haluaisinkin kaiken hetkeksi," Emilia kuiskasi hiljaa ja tunsi, kuinka Sebastian painoi lämpöiset huulet hänen huulilleen ja Emilia sulki silmänsä uppoutuen hetkeen.

Emilia riuhtaistiin irti Sebastianin otteesta ja hän näki Gretan seisovan vierellään, "eiköhän viedä sinut kotiin toipumaan, kun olet selvästi menettänyt järkesi alkoholin vuoksi."

Kiitos Greta!

"Se olisi ehkä parasta," Emilia huokaisi ja pyyhki huuliaan. Sebastian seisoi heidän vieressään voitonriemuisena ja vinkkasi silmää Emilialle. Emilia pudisti päätään Sebastianille ja lähti seuraamaan Gretaa ulos.

"Olet hullu, jos petät miestäsi tuon kanssa," Greta sanoi ja pysähtyi baarin ulkopuolelle.

Olet oikeassa. Olisin kyllä hullu, jos kaikista maailman miehistä lähtisin juuri Sebastianin matkaan.

"Voinko kertoa sinulle jotain," Emilia kysyi ja hän oli päättänyt kertoa Gretalle, mikä hänen tilanteensa oli. Gretasta tulisi hänen lähin työtoverinsa, joten ehkä hänen olisi hyvä tietää Emilian elämäntilanne.

"Tulet vielä huomaamaan, että olen luotettava ihminen," Greta sanoi ja hymyili.

"Minä olen naimisissa, mutta ei minulla oikeastaan kai ole enää miestä," Emilia sanoi ja painoi katseensa maahan.

"Kuulostaa pahalta, oletteko eroamassa," Greta kysyi ja katsoi, kuinka Emilia horjahti eteenpäin, "tule, mennään jatkoille minun hotellihuoneelleni ja voit kertoa kaiken sitten."

Emilia nyökäytti päätään ja lähti Gretan perässä kohti lähellä sijaitsevaa työpaikkaansa, jossa Gretan huone sijaitsi. He nousivat hissillä neljänteen kerrokseen Gretan huoneelle ja istuutuivat minibaarista löydettyjen viinipullojen kanssa Gretan vuoteelle.

"No niin nyt voimme puhua vakavista asioista," Greta sanoi hymyillen.

"En sitten halua puhua tästä asiasta enää tämän illan jälkeen," Emilia sanoi huokaisten, "enkä halua mitään sääliä tämän vuoksi".

Greta nyökkäsi.

"Reilu vuosi sitten olin onnellinen aviovaimo ja meidän piti tehdä lapsia ja elämästä piti tulla ihanaa. Me olimme olleet vasta puoli vuotta naimisissa, " Emilia tuijotti seinää, "kaikki ei mennyt niin kuin piti. Mieheni, Ville, joutui auto-onnettomuuteen ja hän on siitä asti maannut koomassa sairaalassa."

Sain sanottua sen ääneen!

Greta oli täysin hiljaa.

"Minun täytyi ottaa tämä työ Turkissa vastaan, jotta saisin taas elämästä kiinni. En ole osannut tehdä muuta kuin töitä, kuntoilla ja istua kaiken vapaa-aikani Villen luona sairaalassa," Emilia poskille valui muutama kyynel, "en pidä siitä, että minun pitää puhua tästä asiasta tai siitä, että joku kyselee koko ajan, miten minä jaksan tai mitä Villelle kuuluu."

"Minä toimisin varmaan samalla tavalla kuin sinä, jos minun Jonakselleni kävisi jotain tuollaista," Greta sanoi vakavana.

"Toivoisin niin, että saisin kiinni siitä mitä olin ennen Villen onnettomuutta, mutta en voi, kun suru on vallannut minut niin syvältä, että kaikki tuntuu vain sumulta ympärilläni," Emilia sanoi ja pyyhki kyyneliä silmistään, "he sanoivat, ettei Ville enää herää, mutta silti minä toivon jotain ihmettä joka päivä."

"Mutta onhan sellaisia ihmeitäkin käynyt," Greta sanoi ja tarttui Emilian käteen puristaen sitä, "uskon, että sinulla tulee olemaan mukavaa kanssani Turkissa."

Minäkin uskon niin, sillä oloni on tällä hetkellä hyvä.

"Luulen niin," Emilia sanoi ja hymyili Gretalle, "pelkään vain koko ajan, että minun ihmeeni käy, kun olen poissa, enkä ole täällä Villen luona hänen herätessään."

"Sitten Sebastian lennättää sinut tänne välittömästi takaisin," Greta sanoi ja virnisti, "Sebastian on ainakin pirun hyvä lentäjä, jos hänestä ei mitään muuta hyvää löydy."

Löytyy hänestä ainakin ulkonäköä ja hän on hyvä suutelija.

"Hän on päättänyt kaataa minut sänkyynsä," Emilia naurahti.

"Eikä varmaan olisi tarvinnut tehdä paljoa työtä sen eteen, kun katsoi teitä tanssilattialla, "Greta huokaisi nauraen, "en pysty pelastamaan sinua jokaisesta vaaratilanteesta mihin joudut hänen lähellään, mutta muista se, että hän todella osaa olla hurmaava ja luvata kuun taivaalta vain saadakseen sinut sänkyynsä. Sitten hän heittää sinut menemään kuten kaikki muutkin ja jäät itkemään hänen peräänsä."

"En minä hänen kanssaan halua maata," Emilia huokaisi, "en halua pettää Villeä."

Vaikkakin se tekisi ehkä hyvää.

"Ymmärrän," Greta sanoi ja meni makuulleen vuoteelle.

"Mutta en muistanut miten hyvältä se tuntuu, kun joku pitää kiinni ja suutelee," Emilia sanoi hymyillen ja kosketti huuliaan."

"Se on kyllä mahtavaa," Greta sanoi ja katsoi Emiliaa, "lupaan toimia siveysvartijanasi, jos sinä toimit minun siveysvartijanani."

"Lupaan sen," Emilia sanoi ja meni Gretan viereen makaamaan, "mitä luulet, kuinka rankkaa meidän työmme tulee olemaan?"

"Siitä tulee raskasta, mutta niin hienoa. Kaikki ihmiset tänään olivat upeita ja uskon, että saamme aikaan parhaimman hotellin mitä ikinä on perustettu," Greta sanoi ylpeänä ja Gretan innostus tarttui Emiliaan. Greta oli oikeassa. Emilia oli hyvä työssään ja hänen tiimiinsä oli valittu kaksi muuta hyvää, joten he tekisivät työnsä paremmin kuin kukaan muu.

Hotellin aamiaisella ei ollut kovin hyvinvoivaa väkeä, ei ainakaan ruotsalaisia ja suomalaisia tulevia hotellityöntekijöitä. Turkkilaiset olivat osanneet ottaa illanistujaiset huomattavasti paremmin ja voivat hyvin. Damlan virnuili viereisestä pöydästä Gretalle ja Emilialle, jotka istuivat kahvikuppiensa kanssa aamiaispöydässä silmänaluset mustina, eikä ruoka maistunut kummallekaan.

"Näytätte siltä, että kuulun tähän pöytään," Sebastian istuutui Emilian viereen pöytään kahvinsa kanssa, eikä hänkään näyttänyt voivan hyvin, "suomalainen alkoholi ei sovi meille ruotsalaisille."

Ei se sovi kenellekään, mutta nyt huomaan, ettei hyvä ulkonäkösi ollut vain alkoholin tuomaa harhaa.

"Se onkin tehty vain tosimiehille," Greta sanoi ja virnisti Sebastianille.

Sebastian tuhahti ja tuijotti Emiliaa, "ei se taida sopia teille suomalaisillekaan?"

"Ei , ei se sovi," Emilia vastasi ja nosti katseensa Sebastianin kasvoihin. Miehelle oli yön aikana ehtinyt kasvaa parransänki ja hän näytti entistä paremmalta. Emilia ei ihmetellyt yhtään miksi naiset ihastuivat mieheen, mutta nyt kun hän oli selvinnyt eilisestä humalasta, oli eilisestä suudelmasta tullut morkkis.

"Tiedän jotain mikä voisi parantaa oloasi," Sebastian sanoi ja virnisti Emilialle.

Lähdetäänkö heti parantamaan sitä?

"Voit pitää typerät ideasi ihan omana tietonasi," Emilia tiuskaisi ja nousi ylös.

En haluaisi olla sinulle ilkeä, mutta parempi niin, että jätä minut rauhaan.

"Hän on ihanan kipakka heti aamusta," Sebastian sanoi Gretalle leikkisästi.

"Niinpä niin," Emilia huokaisi, "minun on parasta mennä nyt. Kiitos Greta eilisestä, oli mukavaa tavata sinut."

"Samaten Emilia. Viikon päästä näemme ja aloitamme uuden elämän Turkissa," Greta sanoi ja hymyili innostuneesti.

Emilia nyökkäsi Gretalle ja loi ärtyneen katseen Sebastianiin. Hän poistui kotiinsa ja siistiytyi. Suudelma Sebastianin kanssa oli tuntunut yöllä ihanalta, mutta nyt hänestä tuntui kuin hän olisi pettänyt Villeä. Hän ei taatusti olisi tehnyt mitään tällaista, jos Ville ei olisi koomassa. Emilia pukeutui ja suuntasi matkansa sairaalalle, kuten yleensä vapaapäivinään.

Ville makasi edelleen paikoillaan, eikä hänen kätensä ollut tänäänkään lämmin, eikä tarttunut hänen poskeensa kiinni. Emilia istuutui Villen viereen ja tarttui partakoneeseen.

"Ajelen partasi, jotta näyttäisit siistimmältä," Emilia sanoi ja alkoi ajaa parransänkeä pois Villen kasvoilta. Villen posket olivat lommolle ja poskien pyöreys oli hävinnyt vuoden aikana. Ville näytti itseltään, mutta Villen iloiset kasvot olivat kadonneet kooman pyörteisiin. Emilia sai parran ajeltua ja siveli Villen hiuksia.

Sinä saatat menettää minut, kun et herää.

"Minä lähden Ville matkalle. Sain töitä Turkista ja lähden sinne. Jos heräät, niin minulle ilmoitetaan kyllä heti, enkä halua sinun luulevan, että olen hylännyt sinut. Ikävöin sinua valtavasti jokainen päivä siellä, kuten tähänkin asti," Emilia sanoi ja meni makaamaan Villen viereen painaen päänsä hänen rintaansa vasten, "minä suutelin eilen toista miestä ja pelkään, että sinä katoat minun mielestäni siellä. Et usko miten hyvältä se yksi suudelma tuntui, mutta kun en minä haluaisi suudella muita kuin sinua."

Huoneessa oli hiljaista.

"Voisit antaa edes yhden pienen merkin siitä, että minun pitäisi jäädä tänne tai olla suutelematta muita miehiä," Emilia sanoi ja hänen äänensä alkoi väristä, kun taas itku alkoi tehdä tuloaan, "anna minulle edes vähän toivoa, että saan sinut vielä takaisin."

Hitto vieköön Ville minä alan hermostua tähän tilanteeseen!

Ville ei odotettavasti reagoinut mitenkään Emilian pyyntöön. Emilia makasi hetken Villen vieressä ja nousi sitten ylös huokaisten.

2. Työpaikka

Sebastianin ohjaama lentokone laskeutui Pirkkalan lentokentälle ja Emilian matkaseurue valmistautui nousemaan koneeseen. Lunta sanoi hiljalleen. Pian valkoinen Suomi olisi vain muisto ja he keskittyisivät Turkin kevään saapumiseen. Seurue siirtyi ulos ja he veivät matkalaukkunsa lentokoneen luo. Sebastian laskeutui alas koneesta ja tervehti hymyillen Emiliaa. Emilia tervehti takaisin ja käveli suoraan koneeseen sen enempää Sebastiania huomioimatta. Greta huitoi koneesta Emilialle iloisena ja Emilia käveli suoraan Gretan luokse.

"Ihana nähdä," Greta sanoi innoissaan ja hän oli kihartanut vaaleat hiuksensa. Greta oli sievä nainen ja Emilia tunsi olonsa heti paremmaksi Gretan ollessa koneessa.

"Niin on," Emilia sanoi ja istuutui Gretan viereen, "en sitten yhtään pidä lentämisestä."

"Sanoin, että Sebastian on hyvä lentäjä, ei meillä ole hätää hänen käsissään," Greta sanoi ja kumartui kuiskaamaan, "Arvid tilasi hotellille meille valtavan määrän viiniä, jotta saamme tutustua hotelliin viiniä juoden."

"Toivon ettei siitä viinistä seuraa sellaista krapulaa mikä viimeisen illan jälkeen oli," Emilia sanoi naurahtaen, "mutta viini kuulosta kyllä hyvältä."

"Arvid sanoi, että meille on varattu hienot huoneet, jotta viihdymme hotellissa," Greta sanoi ja katsoi koneen etuosaan, "tuo nainen, joka seisoo tuolla, on Sebastianin äiti Maria."

"Ai hänkin on mukana," Emilia katsoi mielenkiintoisena miltä nainen näytti. Maria oli pitkä ja kaunis nainen, joka oli pitänyt itsestään huolta. Maria jutteli Sebastianin kanssa jotain ja heidän yhdennäköisyytensä oli melko selvää. Sebastianin isä Arvid ei myöskään ollut ruma mies, mutta Sebastian ei ollut yhtään isänsä näköinen.

"Hän ja Arvid ovat aina yhdessä," Greta sanoi, "Maria on aina matkassa, aivan sama minne Arvid menee."

"Maria näyttää nuorekkaalta," Emilia sanoi ja lumoutui Sebastianin ulkonäöstä taas. Mies oli komea lentäjän asussaan ja jutteli äidilleen kädet puuskassa nauraen samalla välillä jollekin. Miksi kaikki komeat miehet olivat totaalisia ääliöitä?

"Hän on vasta reilu viisikymmentä. Maria on ollut todella nuori, kun Sebastian on syntynyt," Greta sanoi.

"Minkä ikäinen Sebastian sitten on," Emilia kysyi ja katsoi ikkunasta ulos.

"Sebastian on kolmekymmentäkuusi," Greta sanoi ja nousi ylös, "minun pitää käydä vielä vessassa ennen koneen nousua."

Emilia yritti painaa mieleen valkoisen maiseman, jota hän ikävöisi varmasti kaiken muun lisäksi Turkissa.

"Pelottaako lento nyt sinua," Sebastian istuutui Emilian viereen.

"Vähän," Emilia sanoi katsoen hämmentyneenä Sebastiania.

Sinä muistit, että sanoin etten pidä lentämisestä.

"Älä huoli. Lupaan, että tämä on tasaisin lento, millä olet ollut," Sebastian sanoi ja laski kätensä Emilian käden päälle, "haluan, että pystyt rentoutumaan lennoillani."

Miten sinun kätesi voi aina olla noin lämmin ja voimakas?

"Minä yritän," Emilia sanoi ja tuijotti Sebastianin ystävällisiä silmiä.

"Voisiko herra lentäjä luovuttaa paikkani takaisin," Greta kysyi kädet puuskassa erikoinen virne kasvoillaan.

"Kyllä rouva tiukkapipo," Sebastian sanoi ja teki armeijatyylin tervehdyksen Gretalle. He nauroivat toisilleen hetken ja Greta istuutui Sebastianin poistuessa paikalta. Näki, että Greta ja Sebastian pitivät toisistaan työkavereina.

"Alan olla huolissani siitä, että hän vielä kaataa sinut sänkyynsä," Greta siristi silmiään samalla kun katsoi Emiliaa, jonka posket hehkuivat punastumisesta.

Niin minäkin.

"Hän vain kävi lieventämässä lentopelkoani ja lupasi, että pääsen turvallisesti perille Turkkiin," Emilia sanoi ja käänsi katseensa ulos.

Lentokone oli pienempi kuin normaalisti reittilentojen koneet, ja koneessa oli enemmän tilaa, kun istuimia oli aina vain kaksi vierekkäin rivillä. Kone oli sisustettu vaaleilla väreillä ja oli kuin uusi. Muuten kone näytti reittilentokoneelta.

Sebastian meni ohjaamoon ja Sebastianin äiti Maria kulki Emiliaa kohti, ohittaen Emilian hymyillen. Marian kasvot olivat iloiset ja hän näytti juuri sellaiselta lämpöiseltä ja ihanalta äidiltä, miltä Emilia halusi näyttää saman ikäisenä.

Sebastian ohjasi koneensa Turkkiin ja Sebastian oli pitänyt lupauksensa, lento oli tasainen ja mukava. Sebastian selvästi osasi lentää.

Lentokentältä heidät kuljetettiin Takseilla Laraan ja heidän eteensä avautui upeita hotelleja. He pysähtyivät korkean hotellin eteen ja hotellin ovien päällä luki "Royal Lara Beach hotel". Ennen ovia oli pitkän matkan mittainen vesiputousallas ja ennen pääovia avautui upea holvikaari. Hotelli oli ulkoa uskomattoman upea. Kaikki tuijottivat suu auki hotellia ja he nousivat ulos useasta taksista, jotka heitä olivat kuljettaneet ja jäivät seisomaan hotellin ulko-oville. He astelivat hotellin aulaan ja se oli jotain käsittämättömän hienoa. aula oli täynnä vaaleita sohvia ja nojatuoleja pieninä ryhminä ja hotellin aula oli kuin suoraan palatsista. Aula oli korkea ja katosta roikkui kristallikruunuja, joiden kauneus häikäisi kaikkia. Emilia ymmärsi kaiken kauneuden keskellä katsella ympärilleen ja näki missä vastaanottotiski oli. Sekin oli upea marmoroitu kultareunuksineen ja marmorista pystyi näkemään oman kuvansa.

"Tervetuloa Royal Lara Beach hotelliin," kolmas hotellinomistaja Hassad saapui oman joukkonsa kanssa tervehtimään paikalle saapuneita. He tervehtivät kaikkia ja lopulta käsky kävi, että tiimien turkkilaiset henkilöt esittelisivät kaikille työpisteensä ja illalla istuttaisiin viinin ja rakin merkeissä hotellin ravintolassa, jossa heille valmistettaisiin illallinen.

Damlan johdatti Gretan ja Emilian aulassa vähän syrjemmälle ja avasi oven huoneeseen, jossa oli sohva ja kolme työpöytää. Huone oli viihtyisä, kaunis ja tilava, jonne he mahtuisivat hyvin tekemään töitä. Huoneessa oli kylmäkaappi, joka oli täynnä vettä ja naposteltavaa, joita he voisivat syödä ja Damlan sanoi, että heillä olisi koko aika juomista ja syömistä tarjolla. Työpisteen sijoitus oli hyvä, sillä sieltä olisi helppo lähteä liikkeelle. Huoneen esittelyn jälkeen Damlan ohjasi heidät ylimpään kerrokseen, joka oli tarkoitettu henkilökunnalle täysin. Greta ja Emilia saivat molemmat omat huoneet. Huoneissa oli parivuode, pieni olohuonetila ja parveke suoraan rannalle päin. Näköala kolmannestatoista kerroksesta rannalle oli upea ja nyt vasta Emilia näki hotellialueen. Kaikki oli suunnilleen valmista ja hotellialue oli valtavan upea. Siellä oli paljon rakennuksia ja uima-altaita loputtomiin. Sivummalla oli tivolialue ja amfiteatteri oli rakennettu tivolin viereen. Rannalla kävi aallot melko lujina ja tuuli tuntui kovalta parvekkeella seistessä.

Emilia katsasti vielä pesuhuoneen ja sekin oli tehty viimeisen päälle hienoksi marmoroituna. Suihkukaappi oli hieno ja Emilia nosti matkalaukustaan heti hygieniatarvikkeensa kylpyhuoneen pöydälle. Hän vilkaisi meikkipussiinsa, jossa hänen vihkisormuksensa oli ja hän sulki sen huokaisten. Oli helpompi ottaa sormukset pois, kun selitellä kaikille avioliittonsa tilaa.

Hetken päästä Damlan koputti Gretan kanssa Emilian ovelle ja he kiersivät koko hotellialueen. Ulkona ilma oli viileän tuulinen, mutta silti paljon lämpöisempi kuin Suomessa oli ollut. Talvitakin sai laittaa ainakin suoraan kaappiin, eikä topattuja kenkiäkään hetkeen tarvitsisi.

Illallinen tarjoiltiin hotellin yhdessä Alacarteravintolassa, joita hotellilla oli kuusi. Hotelli oli allinclusive-hotelli ja alacarteravintoloiden lisäksi hotellissa oli lukuisia ruokailupaikkoja isosta ravintolasalista, aina pienempiin napostelupaikkoihin. Emilia oli onnellinen Gretasta ja Damlanista, sillä hotellin palveluvastaavaksi tarvittaisiin varmaan vieläkin lisää väkeä, kuin vain heidät.

Emilia pääsi kiinni työhön heti ja päivistä tuntui loppuvan tunnit kesken kaiken raatamisen keskellä. Ilman Damlanin ja Gretan huumorintajuisia asenteita Emilia olisi varmasti palanut loppuun, vaikka olikin tottunut tekemään töitä paljon. Illalla uni tuli aina heti ja aamulla oli oltava valmis taas uuteen työpäivään. Onneksi heille tarjoiltiin säännöllisesti ruoka päivittäin ja hotellille saapui päivittäin lisää väkeä tekemään järjestelyjä. Emilia tutustui uusiin ihmisiin ja aina kun oli aikaa, he istuivat tietyssä porukassa aina aikaa viettäen, lähinnä kahvilassa ulkona tai Emilian, Damlanin ja Gretan työhuoneella. Sebastian, Damlanin pikkuveli Demir, joka toimisi hotellin ulkotarjoilijana ja kaksi muuta tarjoilijaa Hasad ja Ismet kuuluivat siihen porukkaan. Miehet vitsailivat usein keskenään ja saivat tytöt nauramaan. Emilia ei voinut olla huomaamatta, että alkoi pitää Sebastianista ja tämän huumorintajusta, toisinaan ehkä hieman liikaakin. Hän piti Sebastianin seurasta ja siitä, että tämä huomioi paljon muita ihmisiä ympärillään. Sebastian muuttui aivan toisenlaiseksi aina kun mukaan liittyi vieraita naisia ja mielisteli näitä, mutta ystävien kesken Sebastian oli välitön ja mukava.

Lasse oli lähettänyt Emilian ja Sebastianin hakemaan Ruotsista lisää henkilökuntaa ja muutamia yhteistyökumppaneita tutustumaan hotelliin. Emilia oli lentänyt menomatkan Sebastianin kanssa ohjaamossa ja samalla tavalla he olivat päättäneet tulla paluumatkankin. Ohjaamossa lentäminen ei ollut ollenkaan niin pelottavaa kuin matkustamon puolella, vai saiko Sebastian Emilian tuntemaan olonsa turvalliseksi?

"Minua väsyttää aivan hirveästi," Emilia haukotteli ja katseli, kuinka aurinko laski. Pilvien yllä sekin näytti erilaiselta kuin maasta käsin.

"Mitä jos nukkuisit hetken aikaa," Sebastian sanoi ja otti kuulokkeet pois päästään, "tai sitten juodaan kahvit. Lento kestää vielä kolme tuntia, niin pakko itsekin piristyä vähän."

En halua nukkua, kun pidän siitä, että voin viettää aikaa kanssasi.

"Minä voin hakea ne kahvit," Emilia sanoi ja haki kupilliset kahvia molemmille. Hän istuutui alas, "miten sinä päädyit lentäjäksi?"

"Se on ollut haaveeni pienestä pojasta asti ja kun vanhempani tarjosivat siihen mahdollisuuden, niin lähdin lentäjäkouluun," Sebastian sanoi ja puhalteli kuumaa kahviaan.

"Eikö sellainen koulu ole kallis," Emilia kysyi ja nosti jalat penkillensä.

"On se, mutta ei vanhemmillani ole rahasta pulaa," Sebastian sanoi naurahtaen, "ja tiesin, että he tarvitsivat lentäjän, niin se oli hyvä tilaisuus."

"Niin onhan se helppoa, jos on varakkaat vanhemmat," Emilia sanoi.

"Entä sinä? Miten sinä olet päätynyt työhösi," Sebastian kysyi.

"Opiskelin restonomiksi ja tein viimeisen harjoitteluni Lassen hotellissa ja hän otti minut töihin sinne," Emilia sanoi ja hymyili, "olen siitä asti ollut tavallaan hänen oikea kätensä asiakkaiden suhteen."

"Aiotko pysyä työssäsi," Sebastian kysyi ja hörppäsi kahvistaan.

"Mihinkä minä tästä lähtisin," Emilia huokaisi, "kyllä minä haaveilin joskus lisäopiskeluista, mutta minun olisi pitänyt lähteä toiselle paikkakunnalle ja tapasin erään miehen, jonka vuoksi jäin sitten Lasselle töihin."

Villen. En olisi kestänyt olla erossa hänestä, joten vaihdoin kaikki haaveeni siihen, että voisin perustaa perheen hänen kanssaan jonakin päivänä.

"Onko se mies kanssasi vieläkin," Sebastian kysyi ja katsoi Emilian silmiin.

"Ei ole," Emilia sanoi ja käänsi katseensa ulos. Tai olihan Ville vieläkin hänen kanssaan tavallaan, mutta oli helpompaa sanoa, että ei ollut.

"Etkö sitten haluaisi toteuttaa unelmaasi koulutuksesta nyt," Sebastian kysyi.

"En," Emilia sanoi ja käänsi katseensa takaisin Sebastianiin, "minä niin haluaisin perheen. Näkisin itseni hyvin kotiäitinä. Sinun äitisi näyttää juuri sellaiselta ihanalta äidiltä kuin minä haluaisin olla."

"Onhan hän ihana, mutta toisinaan sekaantuu aivan liikaa elämääni," Sebastian naurahti ja joi kahvikuppinsa tyhjäksi yhdellä kulauksella.

"Hän välittää sinusta," Emilia sanoi ja tyhjensi myös oman kahvikuppinsa. Hän nousi ylös ja ojensi kätensä Sebastianille ottaakseen tämän kahvikupin, mutta sai otteensa lipeämään ja taiteili kahden kahvikupin kanssa hetken aikaa tiputtaen toisen kupin lopulta Sebastianin syliin ja toisen lattialle tämän jalkojen juureen. Emilia kyykistyi nostamaan kuppia lattialta ja alkoi nauraa hysteerisesti. Nauru tarttui Sebastianiin ja he molemmat nauroivat hetken aikaa Emilian sähläyksellä.

Emilia meni polvilleen maahan ja huokaisi naurunsa lomasta, "taidan olla oikeasti unen tarpeessa."

"Viimein viikko on tainnut olla aika rankkaa meille kaikille," Sebastian sanoi ja oli jo lopettanut nauramisen. Sebastian nosti kupin lattialta hipaisten samalla Emilian kättä ja nousi ylös. Hän ojensi kätensä Emilialle ja auttoi tämän seisomaan eteensä.

"Haen sinulle viltin ja nyt lepäät, kun vielä voit hetken aikaa," Sebastian sanoi käskevästi ja laski kätensä Emilian hartioille katsoen häntä suoraan silmiin, "huomaan, että teet työsi todella tunnollisesti, mutta mielestäni sinun täytyisi silti osata toisinaan rentoutua enemmän. Olet aina kovin vakavan näköinen, kun muita ei ole ympärilläsi."

Huomaako surun minusta niin selvästi?

"En kai minä voi koko ajan virne naamallani kulkea," Emilia tiuskaisi.

"En tarkoita sitä, vaan sitä, että jokin asia painaa sinua selvästi, eikä jätä sinua rauhaan," Sebastian sanoi ja irrotti otteensa, "olen huolissani sinusta."

Emilia jäi seisomaan hämmentyneenä paikalleen, kun Sebastian vei kahvikupit pois ja toi viltin matkustamosta. Näkyikö Emilian olotila niin suoraan kaikille?

"Eikö olisi helpompaa, jos joku tietäisi mikä sinua harmittaa niin paljon," Sebastian kysyi ja ohjasi Emilian tuolille istumaan.

En jaksa käsitellä asiaa enää, kun en pääse minkäänlaiseen lopputulokseen suruni keskellä.

"Ei se ole tähänkään asti helpottanut oloani," Emilia huokaisi, "sanoinhan, että elämäni on aika hankalaa tällä hetkellä, enkä ollut oikein halukas lähtemään töihin Turkkiin."

"Minä puolestani luulen, että tämä tekee hyvää sinulle," Sebastian asetteli viltin Emilian päälle, "osaat toisinaan jopa nauraakin asioille."

"Se on totta," Emilia sanoi ja hymyili, "toisinaan minulla on ollut jopa ihan mukavaa, kiitos teidän ystävien."

"Sitä vartenhan me olemme täällä," Sebastian sanoi ja hämmentyi kun Emilia nousi ylös halaamaan häntä.

Rakastan sitä, että olet huolissasi minusta ja pelkään näitä tunteita mitä minulle on herännyt sinua kohtaan.

He seisoivat pitkään sylitysten ja Sebastian oli kietonut kätensä tiukasti Emilian ympärille.

"Kiitos, että olet olemassa," Emilia sanoi ja laskeutui lopulta vilttinsä kanssa tuolille istumaan ja nukahti ennen kuin ehti edes ajatella asioita sen enempää.

Työt jatkuivat entiseen tahtiin ja viimeinen viikko ennen avajaisia alkoi. Emilia istui kaiken vapaa-aikansa rannalla katsoen aaltojen pauhua, sillä se oli rauhoittavaa ja rentouttavaa. Ville oli ollut paljon hänen mielessään, varmaankin lähenevän kotiloman vuoksi. Emilia muisteli paljon aikaa ennen Villen onnettomuutta, sillä viimeisestä vuodesta hän ei paljoa muistanut. Miten hän oli elänyt niin sumussa, että ainoat asiat mitä hän muisti, oli ne mitä töissä oli tapahtunut. Suru oli sulkenut Emilian sumuun, jonka voimalla hän oli jaksanut vaeltaa päivästä toiseen, vaikka ei itsekään aina ymmärtänyt miten Villen onnettomuudesta oli jo reippaasti yli vuosi. Mitään erikoista ei ollut tapahtunut Villen voinnissa, joten Emilia ei osannut olla harmissaan Turkissa olostaan. Sebastian oli ollut oikeassa siinä, että matka teki hänelle varmasti hyvää, sillä nauraminen muiden hassuille jutuille tuntui mukavalta ja hän oli alkanut saada muistoja, jotka hän muisti. Sebastian oli yksi tekijä tässä kaikessa. Emilia ymmärsi kyllä olevansa ihastunut Sebastianiin ja siksi hakeutui usein tämän seuraan, vaikka tiesi sen olevan riskipeliä, sillä jos Sebastian olisi yrittänyt tehdä lähempää tuttavuutta, niin hän olisi varmasti antautunut tälle. Emilia ei silti ollut täysin varma olivatko hänen tunteensa aidot Sebastiania kohtaan vai halusiko hän niin epätoivoisesti läheisyyttä, että luuli siksi olevansa ihastunut Sebastianiin.

Auringonlasku oli jälleen kaunis rannalla ja Emilia käveli vesirajaa myöten seuraavan hotellin rantaviivaa kohden. Sebastian oli myös tuttu näky rannalla juoksemassa ja taas Emilia osui samaan aikaan paikalle. He olivat aina välillä istuneet yhdessä katselemassa auringonlaskua, eikä kummankaan tarvinnut välttämättä sanoa sanaakaan.

Sebastian tervehti Emiliaa ja jäi hengästyneenä seisomaan Emilian eteen, "tuolta vähän kauempaa näkyy vielä upeammin tuo auringonlasku."

"Ai naapurirannalta," Emilia kysyi ja näytti viereistä hotellia.

"Juuri sieltä," Sebastian sanoi ja tarttui Emilian käteen johdattaen tämän perässään naapurihotellin puolelle hetken matkan päähän.

"Vau," Emilia henkäisi, "miten se voi näyttää niin erilaiselta kuin meidän rannalta?"

Sebastian istuutui rannalle ja veti Emilian mukanaan alas, "tällaisia auringonlaskuja ei näe Suomessa."

"Ei, mutta ovat ne sielläkin hienoja," Emilia sanoi ja tunsi, kuinka Sebastian puristi edelleen hänen kättään omassaan. Emilia puristi takaisin ja työnsi sormensa Sebastianin sormien väliin, "pidän siitä, kun voin kesäisin istua järvenrannalla laiturilla ja katsella auringonlaskua."

"Olen asunut ulkomailla niin paljon, että en ole varmaan koskaan ollut Ruotsissa katsomassa auringonlaskua," Sebastian hymähti.

Emilia painautui Sebastianin olkapäätä vasten ja huokaisi. Hän halusi Sebastiania ja oli melkein valmis ehdottamaan tälle, että he lähtisivät heti hotellihuoneelle, mutta hän hillitsi itsensä ja yritti muistaa olevansa edelleen toisen miehen vaimo. Toisaalta hän muisti myös sen, että Sebastian oli sanonut aikovansa valloittaa Emilian vuoteeseensa ja myös sen, että Greta oli sanonut Sebastianin osaavan olla hurmaava ja huomaavainen siihen asti, kunnes on kaatanut naisen sänkyynsä. Jos hän nyt päätyisi Sebastianin sänkyyn, niin hylkäisikö Sebastian hänet sen jälkeen?

Et usko miten hyvä tässä on olla.

"Sinun täytyy joskus näyttää minulle sellainen suomalainen auringonlasku," Sebastian sanoi ja tönäisi leikillään Emiliaa.

"Sitten sinun pitää tulla juhannuksena Suomeen, silloin on kaunista ja voin viedä sinut vanhempieni mökille," Emilia sanoi ja tönäisi leikillään Sebastiania takaisin.

Uskomatonta, että lupasin juuri viedä sinut Suomeen kanssani ja vielä vanhempieni mökille!

"Sovittu," Sebastian sanoi ja nousi ylös vetäen Emilian samalla mukanaan pois maasta, "illallisaika alkaa olla käsillä. Pitäisikö lähteä syömään?"

"Ehkäpä. Jos vaikka pääsisi ajoissa nukkumaan tänään," Emilia sanoi ja he lähtivät käsi kädessä kulkemaan oman hotellinsa rantaa kohti.

Greta ja Damlan istuivat hotellin rannassa katselemassa auringonlaskua, kun Sebastian ja Emilia saapuivat sinne. Emilia ei ollut edes huomannut, kuinka he olivat kävelleet koko matkan Sebastianin kanssa käsi kädessä, mutta tajusi sen nyt kun molemmat naiset tuijottivat heitä hämmentyneinä.

"Lähden käymään suihkussa ja vaihtamaan vaatteet," Sebastian virnisti, "nähdään illallisella."

Sebastian juoksi pois ja Emilia istuutui ystäviensä seuraan, kasvot taas punaisina ymmärtäessään miten hämmentyneitä Greta ja Damlan olivat. Tuntui kuin hän olisi jäänyt kiinni jostain todella salaisesta teosta.

"Ihan tosi Emilia. Sinä ja Sebastian," Greta kysyi huvittuneena.

Ääh, en haluaisi nyt kyselyitä siitä, kun en itsekään tiedä missä mennään.

"Ei meidän välillä ole mitään muuta kuin ystävyyttä," Emilia yritti valehdella huonoin tuloksin.

"No sinusta näkee kilometrin päähän, että olet aivan hulluna häneen," Greta naurahti, "mutta en tiedä Sebastianista. Hän on ollut kyllä sitkeä kanssasi."

"Hän on ollut hyvä ystävä," Emilia sanoi ja poskien kuumotus alkoi laskea.

"En tiedä. Hän saattaa jopa oikeasti pitää sinusta," Greta sanoi ja nousi ylös tuolistaan, "on hän ollutkin joskus pitemmässä suhteessa, mutta en tiedä siitä sen enempää. Hän on aina ollut hyväksikäyttäjä, ainakin sen ajan, kun olen tuntenut hänet ja toivon ettei hän loukkaisi sinua."

"No ehkä se on sitten sen arvoista, että saan tuntea taas jotain tällaista pitkästä aikaa," Emilian oli pakko myöntää, "ainakin osaan varautua pahimpaan."

Noin, myönsin sen nyt ensimmäistä kertaa ääneen teille, että pidän hänestä.

"Minusta hän voisi aidosti pitää Emiliasta," Damlan totesi ja he lähtivät kävelemään hotellia kohti.

"Jos teet jotain hänen kanssaan, niin kadutko sitä," Greta kysyi kuiskaten, ettei Damlan kuulisi, "minä lupasin olla siveysvartijasi ja haluan, että tiedät varmasti mihin olet ryhtymässä."

"En osaa sanoa tapahtuuko meidän välillämme mitään, mutta en pysty hillitsemään itseäni hänen seurassaan," Emilia huokaisi, "tietenkin ajatus Villestä kaihertaa koko ajan mielessäni, mutta toisaalta hän on edelleen koomassa."

"En vain halua, että satutat itsesi Sebastianin kanssa," Greta sanoi vielä kuiskaten.

"En minä satuta," Emilia sanoi ja hymyili, "mutta en murehdi sitä nyt kun mitään ei ole vielä tapahtunut."

Greta ei enää ottanut asiaa puheeksi.

3. Intohimoa

Hotellin avaaminen oli sujunut paremmin, kuin hyvin ja Emilia istui jälleen rannalla katsellen aaltoja, jotka juuri ja juuri näkyivät pimeässä. Aina välillä ihmisiä käveli rantaan laituria pitkin, mutta kaikki kääntyivät takaisin kohti hotellin iltaelämää. Emilia kietoutui neuletakkiinsa ja antoi tuulen puhaltaa hiuksiaan. Viimeiset kolme kuukautta olivat olleet kiireistä aikaa, eikä vapaa-aikaa juurikaan ollut jäänyt. Yksinäisyys tuntui hyvältä aina toisinaan ja parin päivän päästä hän olisi takaisin Suomessa ja pääsisi Villen luokse, sekä nauttimaan hiljaisuudesta mikä vallitsisi hänen asunnossaan. Oli rankaa olla sosiaalinen koko ajan, vaikkakin työkaverit olivat enemmän kuin mahtavia.

"Arvasin, että olisit täällä," Emilia kuuli Sebastianin äänen takaansa.

"Oli pakko päästä pois tuolta ihmisten joukosta hetkeksi aikaa," Emilia sanoi ja hymyili Sebastianille.

"Siellä kaivattiin sinua," Sebastian sanoi, "meidän käskettiin olla kahden tunnin päästä aulassa, niin kohotamme maljan onnistuneen avauksen kunniaksi."

"Kymmeneltä siis," Emilia katsoi puhelimensa kelloa, "täällä tulee pimeää uskomattoman aikaisin."

"Niin tulee," Sebastian sanoi ja istuutui viereiseen aurinkotuoliin, "eikö sinun tule kylmä täällä?"

Sinä voisit lämmittää minua.

"Vähän, mutta täällä on silti ihanaa istua," Emilia sanoi ja kaivoi valkoviinipuollon tuolinsa alta, "ja minulla on täällä lämmikettä."

Tämä viini lämmittää yllättävän mukavasti ja näytät taas komeammalta kuin edellisellä kerralla sinut nähdessäsi Sebastian.

"No nyt ymmärrän miksi tarkenet täällä," Sebastian naurahti ja otti valkoviinipullon vastaan Emilialta, ottaen siitä ison kulauksen.

"Vaikka aluksi en halunnut tulla tänne, niin nyt olen hyvin onnellinen, että tulin," Emilia sanoi tuijottaen merelle, "silti kaipaan kotiin aivan mielettömän paljon."

Mutta pidän merestä ja siitä, että saat minut tunteman tällaista jännitystä vatsanpohjassani, kun tulet lähelleni.

"Olen itse tottunut liikkumaan jatkuvasti perheeni mukana, joten en osaa kaivata mitään tiettyä paikkaa," Sebastian sanoi, "minulle on aina ollut pääasia, että perheeni on mukanani."

"Eikö ole ollut rankkaa muuttaa paikasta toiseen jatkuvasti," Emilia kysyi, sillä oli aina ollut ihminen, joka halusi asua syntymäkaupungissaan, eikä kaivannut muualla oloa.

"Äiti on aina tehnyt muutot meille helpoksi ja asuin minä monta vuotta Tukholmassa välissä omillani, mutta nykyisin taas matkaan vanhempieni mukana, kun he tarvitsevat lentäjää," Sebastian sanoi ja otti taas hörpyn pullosta.

"Minun perheelläni ei ole koskaan ollut varaa matkustella, mutta olemme olleet sitäkin läheisempiä," Emilia sanoi ja otti viinipullon Sebastianilta.

"Mielestäni millään muulla ei ole väliä kuin perheellä," Sebastian sanoi ja hymyili koko kasvoillaan. Emilia tunsi hukkuvansa Sebastianin hymyyn taas. Sen oli pakko johtua viinistä, että

Sebastian veti häntä niin paljon fyysisesti puoleensa tällä hetkellä.

"Totta. En olisi uskonut sinun sanovan mitään tuollaista," Emilia sanoi ja nousi ylös aurinkotuolista.

"Mitä, meinaatko ettei tällaisella lellityllä pojalla ole mitään arvoja," Sebastian naurahti ja nousi myös ylös, "huomaa kyllä, että käsityksesi minusta on täysin erilainen mitä minä oikeasti olen."

En tiedä mitä ajatella sinun luonteestasi, kun himo sinua kohtaan häiritsee ajatuksiani ja silti samaan aikaan pelkään kaiken tämän loppuvan, jos nyt antaudun sinulle.

"Et anna kovin hyvää kuvaa aina itsestäsi muille," Emilia sanoi ja ojensi viinipullon takaisin Sebastianille, "kaikki varoittelevat sinusta, että käytät vain hyväksesi kaikkia naisia, jotka haluat kaataa sänkyysi."

"Ehkä en ole vain törmännyt sellaiseen naiseen vielä, joka kiinnostaisi tarpeeksi," Sebastian sanoi ja lähentyi Emiliaa, "tai ehkä olenkin."

Ihan sama, voisit suudella minua!

"En suostu hyväksikäytettäväksesi," Emilia sanoi hiljaa ja tuijotti Sebastianin silmiin, "en olisi ansainnut sellaista."

"Voisit ottaa riskin ja katsoa mitä tapahtuu," Sebastian sanoi ja lähentyi kiinni Emiliaan nostaen kätensä Emilian kasvoille, "voisit näyttää kaikille, että minut on arvioitu väärin luonteeltani."

Kyllä minä haluan ottaa sen riskin, mutta ole nopea ennen kuin muutan mieleni!

"En tiedä pystynkö siihen," Emilia kuiskasi ja samalla Sebastian painoi huulensa hänen huulilleen. Emilia tunsi lämpöisen aallon kulkevan vartalonsa läpi ja tiesi, ettei Greta ollut nyt pelastamassa häntä tilanteesta. Halusiko hän edes pelastua? Emilia nosti kätensä Sebastianin hartioille ja nautti miehen käsien kietoutuessa ympärilleen ja huulten painautuvan omiinsa entistä kiihkeämmin. Emilia tiesi, ettei hänen pitäisi ottaa riskiä Sebastianin kanssa, mutta huuma vei mukanaan ja hän oli sulaa vahaa Sebastianin käsissä. He suutelivat pitkään aurinkotuolissa yön pimeydessä, mutta lopulta rantalaiturilta kantautuvat äänet saivat heidät heräämään tilanteesta.

Emilia nousi äkkiä ylös aurinkotuolistaan ja katsoi Sebastianiin hetken. Miehen kasvoilta näkyi sanaton kysymys, miksi Emilia oli noussut ylös, mutta hän ei kysynyt sitä ääneen.

Anteeksi Sebastian. Haluan sinua enemmän kuin mitään tai ketään vuosiin, mutta en ole valmis tällaiseen, kun kaikki on niin sekaisin elämässäni. Kumpikaan meistä ei ansaitse joutua keskelle tätä tilannetta.

"En voi tehdä tätä Sebastian. Elämäni on aivan liian sekavaa tällä hetkellä ja pelkään, että käytät minua vain hyväksesi," Emilia sanoi ja lähti kävelemään hotellille päin.

En kestäisi sitä, jos et sitten lopulta olisikaan minun.

"Odota Emilia," Sebastian juoksi hänen peräänsä, "en sano, että olisin mitenkään täydellinen aina, mutta ei tuo sinun salaperäisyytesikään ole normaalia. Vaikuttaa kuin olisit vähintäänkin murhannut jonkun."

Emilia pysähtyi ja katsoi Sebastiania silmiin ja vastasi vakavana, "niin. Ehkä sinun pitääkin varoa minua."

Minähän melkein murhasin aviomieheni.

"Hyväksi käyttäjä ja murhaaja, kuulostaa hyvältä yhdistelmältä," Sebastian sanoi naurahtaen ja tarttui lämpimällä kädellään Emilian käteen, "tule."

Niin, olet oikeassa. Olemme molemmat käveleviä katastrofeja.

Emilia seurasi Sebastiania hotellille, sieltä hissillä ylös henkilökunnan kerrokseen ja suoraan Sebastianin huoneeseen, joka oli lähes identtinen Emilian huoneen kanssa. Sebastian otti jääkaapista kuohuviinipullon ja avasi sen, kaataen sen jälkeen kahteen lasiin juomaa.

"Tässä," Sebastian ojensi lasin Emilialle, "jos sinä kerrot minulle, mikä sinun salaisuutesi on, niin minä kerron miksi minusta on tullut tällainen."

Olisit nyt vain hiljaa ja suutelisit minua.

"En halua puhua," Emilia sanoi ja kumosi koko lasin kerralla suuhunsa. Hän halusi Sebastiania. Hän ei halunnut palata ajatuksissaan Suomeen ja muistella tuskaansa tai menetystään. Viini oli tehnyt tehtävänsä ja hän halusi kaataa Sebastianin sänkyyn ja tuntea miehen kosketuksen joka puolella vartaloaan.

Jos sinä et nyt toimi, niin minä toimin puolestasi. Sinun piti olla se naistenmies!

"Ei meidän ole pakko," Sebastian sanoi ja ennen kuin hän ehti sanoa enempää, oli Emilia jo hyökännyt suutelemaan häntä. Sebastian sai laskettua lasinsa alas ja kaatoi Emilian vuoteelle. Hän katsoi hetken Emiliaa vakavana ja painautui tämän päälle suudellen naista kiihkeästi, sillä Emilia oli niin upea näky, ettei kukaan voisi olla himoitsematta häntä.

Tilanne vei mukanaan ja lopulta he löysivät itsensä toistensa kainaloista hämmentyneitä tapahtuneesta ja siitä kuinka kiihkeää seksi oli ollut heidän välillään. Emilia oli vieläkin sekaisin hetkestä, eikä muistanut miten upeaa oli rakastella miehen kanssa, vaikkakin mies oli aivan joku muu kuin hänen aviomiehensä.

Voi ei, mitä minä olen mennyt tekemään. Äskeinen oli upeaa, mutta en olisi ikinä uskonut itsestäni mitään tällaista. Miten Sebastian teki sen, että sai minut näin totaalisesti menettämään kontrollin käyttäytymisessäni? Minun täytyy lopettaa viinin juominen.

Emilia nousi äkkiä istumaan. Huuma katosi saman tien ja hän järkyttyi teostaan mitä hän oli juuri tehnyt. Miten hän oli saattanut hypätä Sebastianin kanssa sänkyyn, kun hänen aviomiehensä oli edelleen hengissä ja makasi tiedottomana kaikesta tästä mitä hänen vaimonsa oli mennyt tekemään.

"Mikä on," Sebastian kysyi ja tarttui Emilian olkapäähän, saaden Emilian säpsähtämään samalla.

"Tämä oli virhe," Emilia sanoi ja nousi nopeasti ylös vuoteelta alkaen pukeutua.

Äskeinen oli liian hyvää ollakseen totta ja en halua, että kukaan satuttaa itsensä tämän vuoksi. Nyt voit huoletta heivata minut pois elämästäsi kuten kaikki muutkin naiset, joita olet sänkyysi kaatanut.

"Teinkö jotain," Sebastian kysyi hämmentyneenä, sillä ilmeisemminkin hänen kainalostaan eivät naiset yleensä karanneet.

"En olisi saanut tehdä näin," Emilia sanoi ja hänen rintaansa ahdisti, "sait mitä halusit, nyt voit jättää minut rauhaan."

Minä tiedän, että rakastun sinuun, joten nyt sinun on parempi vain sanoa minulle, että et halua minusta mitään muuta.

"En ole lähellekään saanut sitä mitä minä sinusta haluan," Sebastian nousi ylös ja esti Emilian kulkemisen ovelle, "en ymmärrä mikä sinulle tuli."

Ei älä Sebastian. Älä sano mitään tuollaista.

"Sanoin etten halua puhua siitä ja nyt vielä hyppäsin sinun kanssasi sänkyyn, enkä minä olisi saanut tehdä niin," Emilia sanoi ja järki oli täysin palannut hänen päähänsä.

"Päästän sinut lähtemään, mutta vain jos kuuntelet minua hetken," Sebastian sanoi ja otti Emiliaa olkapäistä kiinni, "en minä ole sellainen millaiseksi minua luulet."

Uskon että et ole sellainen. Ei kai kukaan voi rakastella noin, jos haluaa vain käyttää hyväksi toista ihmistä?

"En minä sen takia ole lähdössä," Emilia huokaisi, "ihan sama millainen olet, mutta en olisi saanut hypätä sänkyyn kanssasi."

"Ei äskeisessä voinut olla mitään väärää, sillä ei tuollaista kipinää voi kokea kenen kanssa vain," Sebastian sanoi ja tuntui tarkoittavan sitä, "en muista, että olisin ikinä rakastellut noin kenenkään kanssa."

Vääryys oli kaukana siitä. Mutta pelkään, etten voi rakastaa sinua ansaitsemallasi tavalla.

"En minä kiellä, etteikö siinä ollut jotain kipinää, mutta mieti nyt meitä kahta," Emilia sanoi ja upposi Sebastianin hämmentyneisiin silmiin, "minä Suomesta, joka työskentelen täällä sinun isäsi hotellissa ja sinä Ruotsista, joka olet hotellin omistajan poika."

"Mitä sillä on väliä, mikä meidän asemamme on, jos pidämme toisistamme. Tässä olen vain sinä ja minä, muu on täysin samantekevää," Sebastian sanoi ja sai kuljetettua Emilian vuoteelle istumaan, "älä anna minun kärsiä omasta asemastani, kun olet kerrankin sellainen nainen joka ei juokse rahojeni perässä."

Kyllä minulla rahaa on, en todellakaan kaipaa sinun rahojasi.

"En minä mitään rahaa haluakaan," Emilia sanoi, "haluan vain rakkautta ja sylin johon voin painautua pitkän päivän jälkeen."

"Minä olen tässä ja sylini on auki sinua varten," Sebastian sanoi ja painoi Emilian rintaansa vasten. Emilia antautui Sebastianin syleilyyn ja tunsi olonsa ehjäksi pitkästä aikaa, vaikka hänen rinnassaan puristi silti ajatus Villestä, jota hän olisi menossa pian katsomaan. Miten hän voisi kohdata aviomiehensä tämän jälkeen?

"Uskallakin satuttaa minua, niin teen elämästäsi helvettiä Sebastian Kajander," Emilia kuiskasi hiljaa.

"En minä noin kipakkaa naista uskaltaisi satuttaa," Sebastian naurahti ja kaatoi Emilian vuoteelle ollen valmiina selvästi uuteen intohimon kierrokseen.

Emilia oli juuri ja juuri ehtinyt siistiä hiuksensa kuntoon, ennen aulatapaamista hotellin henkilökunnan kanssa. He menivät varmuudeksi eri matkaa Sebastianin kanssa, sillä Emilia ei halunnut puheita heidän väleistään vielä. Hän meni hissistä suoraan Gretan ja Damlanin vierelle seisomaan.

"Myöhästyinkö jo," Emilia kysyi ja yritti olla mahdollisimman neutraalin näköinen, mutta hänen teki mielensä huutaa kaikille saaneensa juuri seksiä, että se oli ollut mahtavaa ja hän halusi saada sitä lisää.

"Et mutta etsimme sinua pitkän aikaa," Damlan sanoi, "olisi ollut mukavaa käydä nostamassa maljat meille ennen tätä tapaamista."

"Niin mihin sinä oikein katosit," Greta siristi silmiään.

Harrastamaan seksiä.

Emilia yskäisi ja oli täysin varma, että hänen otsassaan luki hänen harrastaneen juuri seksiä, "oli pakko käydä päiväunilla."

"Hmm, päiväunilla saakin mukavan punan poskilleen," Greta vinkkasi silmää ja Emilia tunsi punastuvansa, sillä Gretan tuntui vaistoavan kaiken mitä ympärillä tapahtui.

Sebastian saapui lopulta aulaan ja Emilia tunsi vatsanpohjassaan perhosten lentelevän. Miten hän saattoi kaikista maailman ihmisistä ihastua juuri Sebastianiin, joka saapui salaperäinen hymy, mutta normaali itsevarmuus kasvoillaan aulaan. Sebastian vilkaisi ohimennen Emiliaa ja Emilia tunsi punan lisääntyvän entisestään poskilleen.

"Olitko sinä Sebastianin kanssa," Greta kuiskasi kysymyksen niin hiljaa, ettei kukaan muu varmasti kuullut sitä.

Olin kaksi kertaa ja minä haluan ehdottomasti lisää seksiä, kun pääsin pitkästä aikaa sen makuun!

Emilia katsoi Gretaa ja antoi tälle virnistyksen, mutta ei sanonut mitään.

Hassad, Arvid ja Lasse pitivät kaikki puheet ja kiittivät onnistunutta tiimiä loistavista avajaisista. Heillä olisi vielä paljon työtä edessä, mutta kaikki saisivat nyt ansaitut vapaansa vuorotellen ja sen jälkeen jatkuisi alkaneen turistikauden työstäminen. He kilistivät maljoja, jonka jälkeen oli aika hajautua kaikki omiin oloihin.

Emilia suuntasi Gretan ja Damlanin kanssa hotellin amfiteatterille ja heidän oli tarkoitus istua hetken aikaa iltaa siellä. Damlanin veli työskenteli baaritiskillä enemmän kuin innoissaan ja oli upea näky selvästi asiakkaidenkin mielestä. Ilta oli kiireinen, eikä Demiriä pystynyt jututtamaan nyt illan aikana. Demir hymyili heille tyytyväisenä ja pysyisi kiireisenä varmasti koko illan ajan.

Amfiteatterin esitykset olivat upeita ja Demirin ja Guneshin tekemät drinkit sitäkin parempia. Lopulta Emilian oli pakko myöntää kaipaavansa unta ja muutenkin oli parempi olla juopumatta yhtään enempää, että hän selviäisi pitämään huomista vapaapäiväänsä ja saisi pakattua viikon lomaansa varten.

Emilia halusi nähdä vielä Sebastianin ennen nukkumaan menoa ja hän halusi olla vielä miehen sylissä, sillä hän pelkäsi mielensä muuttuvan Sebastianin suhteen huomenna, kun hänen päänsä olisi selvinnyt illan alkoholimäärästä. Sebastian istui aulassa hotellin johtohenkilökunnan kanssa ja vilkaisi Emiliaa.

Nyt Sebastian. Mennään ylös.

Emilia nyökkäsi päätään tervehdyksen merkiksi ja suuntasi matkansa hisseille toivoen Sebastianin ymmärtäneen hänen menevän huoneelleen. Sebastian ei ainakaan vielä seurannut häntä hissiin ja Emilia suuntasi matkansa huoneelleen, eikä kulunut kauaa, kun ovelta kuului koputus.

Hyvä hän ymmärsi mitä haluan.

Sebastian seisoi ovella nojaten ovenpieleen poikamainen virnistys kasvoillaan, eikä kummankaan tarvinnut sanoa mitään, kun himo oli taas syttynyt ja Sebastian oli saanut luvan kaataa Emilia jälleen vuoteelle, tosin tällä kertaa Emilian huoneessa.

Heidän välillään oli pakko olla jotain erikoista kipinää, sillä Emilia ei ollut vieläkään saanut miehestä tarpeekseen. Sebastianin iho oli sileä ja lämmin ja hänestä näki, että hän piti huolta itsestään. Emilia oli kuvitellut vain unissaan makaavansa Sebastianin kaltaisen miehen kanssa.

4. Harhautus

Lentokone laskeutui Pirkkalan lentokentälle ja Sebastian oli saanut kuljetettu Emilian ja muut suomalaiset turvallisesti kotiin. Maaliskuinen aurinko paistoi taivaalta ja maa oli aivan valkoisena lumesta. Emilia huokaisi onnesta nähdessään tutun ihanan suomalaisen ympäristön ja halusi nopeasti haistamaan ulos pakkasilmaa. Sebastian tuli ulos ohjaamosta ja kosketti Emilian kättä ohimennen, kun Emilia poistui lentokoneesta. Hän katsoi vielä hetkellisesti Sebastianiin ja he hymyilivät toisilleen.

Emilia ei voinut uskoa kuinka paljon seksiä kaksi ihmistä pystyivät harrastamaan kahden vuorokauden aikana, tai kuinka monissa erilaisissa paikoissa. Oli hänellä ja Villelläkin ollut kiihkeä seksielämä, mutta se oli ollut erilaista, eikä Ville ollut koskaan ollut sellainen joka innostui harrastamaan seksiä tuosta noin vaan ihan missä sattui sitä haluamaan, vaan halusi aina olla omassa sängyssä. Se olikin riittänyt Emilialle vallan hyvin ja kun he olivat päättäneet laittaa lasta alulle, oli seksielämä ollut eri tavalla jännittävää.

Emilia veti keuhkonsa täyteen ilmaa ulkona ja laskeutui lentokoneen raput alas. Oli ihanaa olla kotona! Hän haki matkatavaransa ja käveli ripeästi ulos lentokentältä, jossa hänen vanhempansa olivat vastassa häntä ja sulkivat tyttärensä syleilyyn monen kuukauden erossaolon jälkeen. Emilia meni ensimmäiseksi yöksi vanhemmilleen, jossa pääsi saunomaan ja vaihtoi kuulumisia. Hän kertoi työstään ja ystävistään, mutta jätti kertomatta Sebastianista, sillä hän ei ollut täysin varma olisiko siinä mitään kerrottavaa. Nyt kun hän oli kotona Suomessa, tuntui Sebastian vain kaukaiselta unelta, mutta silti hän tiesi kaiken oikeasti tapahtuneen ja nyt pieni omantunnon kolkutus alkoi jyskyttää hänen takaraivossaan. Oliko elämä Turkissa, kaukana Suomesta saanut hänet unohtamaan kuka hän oikein oli?

Emilia kaivoi vihkisormuksensa laukustaan ja pukeutui farkkuihin ja neulepaitaan. Vihkisormukset upposivat sormeen helposti ja ne tuntuivat omilta ja rakkailta. Nyt hän voisi käyttää niitä hyvin viikon ajan ilman sen ihmeempiä kysymyksiä aviomiehestä. Oli ollut helppoa elää Turkissa jotain aivan muuta elämää kuin mitä hän eli Suomessa, kaikki oli ollut paljon helpompaa unohtaa ja tuntui, että hän oli saanut ripauksen entisestä itsestään takaisin.

Emilia suuntasi ensimmäisenä Villen luokse ja kun hän käveli tuttua sairaalan käytävää pitkin, tuntui kuin hän ei olisikaan ollut poissa. Ville oli edelleen samassa huoneessa, samalla paikalla kuin ennenkin ja Emilia ymmärsi nyt vasta, kuinka hän oli ikävöinyt Villen näkemistä, eikä tilannetta helpottanut yhtään ajatus siitä, että hän oli harrastanut seksiä Sebastianin kanssa. Hän otti tuolin ja siirtyi Villen viereen istumaan. Villen käsi oli yllättäen normaalia lämpöisempi, aivan kuin se olisi toivottanut lämmöllään hänet tervetulleeksi pitkästä aikaa ja se tuntui hämmentävältä.

Voi miten kotoisalta tuntuu tulla tänne.

"Terveisiä Turkista rakas," Emilia sanoi ja antoi suudelman Villen poskelle, "tuntuupa ihanalta olla takaisin kotona, vaikka en voikaan olla kuin tämän viikon."

Emilia katseli hetken aikaa Villen kasvoja ja huokaisi sitten. Tämä tuntui niin turhauttavalta. Hänen teki mieli ravistella Villeä ja huutaa, että tämän olisi nyt pakko herätä, ennen kuin hän menisi tekemään enempää tyhmyyksiä Turkissa ja voisi vaikka jäädä Suomeen potemaan huonoa omaa tuntoa tekemisistään ja unohtaa uransa ja kaikki ihmiset siellä, jos Ville nyt vain voisi avata silmänsä. Ennen hän oli jaksanut istua Villen vieressä tuntitolkulla, mutta nyt hänet oli vallannut viha ja raivon tunne siitä, ettei mitään ollut tapahtunut reilun vuoden aikana Villen tilanteessa. Oliko todella niin, että hänen pitäisi päästää Ville pois tästä maailmasta? Emilia oli ollut se, kuka oli vaatinut Villen pitämistä laitteissa kiinni, että hän sai antaa mahdollisuuden Villelle selvitä onnettomuudesta. Jos Ville kuolisi, olisi Emilian pakko kohdata se totuus, että hän oli syypää Villen onnettomuuteen, sillä hän oli pakottanut Villen lähtemään riidan jälkeen pois heidän asunnostaan, eikä hän saisi ikinä pyytää anteeksi Villeltä heidän viimeistä riitaa. Emilia oli päättänyt, ettei enää ikinä riitelisi niin kenenkään kanssa, tai sanoisi mitään niin ilkeää kenellekään, kun oli Villelle sanonut riidan päätteeksi.

Vihaan sinua, oli Emilia huutanut Villen perään ja nyt tilanne oli tämä, eikä hän voinut sanoa Villelle, että ei hän tarkoittanut sitä ja että hän rakasti Villeä niin valtavan paljon, että oli pakahtua vieläkin surusta istuessaan Villen vieressä sairaalassa. Jos

Ville nyt kuolisi, hän luulisi Emilian vihaavan itseänsä. Emilia tunsi taas, kuinka kyynelten tulva tavoitti hänen silmänsä ja alkoivat valua vuolaasti poskille, elämä oli kyllä niin epäreilua toisinaan, eikä hänen ollut tarvinnut juurikaan vuodattaa kyyneleitä Turkissa. Olisi ehkä sitenkin pitänyt jäädä Turkkiin koko vuodeksi ilman lomia.

"Emilia! Olet palannut Suomeen," Villen äiti Marja ilmestyi ovelle.

"Kyllä, mutta vain viikoksi," Emilia sanoi ja pyyhkien kyyneleitään pois, yrittäen kasata itsensä, "on ollut kiireistä aikaa viimeiset kolme kuukautta."

"Miten sinä voit," Marja tuli istumaan Emilian viereen.

"Paremmin," Emilia huokaisi ja tulva oli tyrehtynyt, "oli hyvä ratkaisu lähteä Turkkiin töihin. Olen ollut jopa toisinaan onnellinen siellä."

"Olet sinä ainakin pienen päivetyksen saanut," Marja sanoi ja hymyili.

"Kyllä pienen, mutta ei siellä ole vielä ollut kovin lämmintä ja kaipaan Suomen talvea," Emilia sanoi, "otatko kahvia, jos käyn aulasta hakemassa?"

"Voisin minä ottaakin," Marja sanoi, "voimme siten vaihtaa kuulumisia kunnolla."

Emilia haki kahvit ja istuutui takaisin Marjan viereen, "kuule, minun pitää pyytää anteeksi, että silloin viimeksi vain juoksi ulos ja lähdin Turkkiin edes hyvästelemättä."

Et usko miten kotoisalta tuntuu olla tässä ja jutella kanssasi kuten ennenkin.

"Kyllä minä ymmärrän Emilia," Marja huokaisi, "tämä tilanne on sinun päätöksesi ja jos Villen täällä olo tuo sinulle lohtua, niin en minä sitä oikeasti vastusta."

"Kiitos," Emilia sanoi ja tarttui Marjan käteen, "jos mitään ei ala tapahtua, niin ehkä minun pitää antaa Villen mennä."

"Sinä päätät, mutta mikä sinut on saanut noihin ajatuksiin," Marja kysyi yllättyneenä.

"Olen alkanut taas saada elämänhalusta kiinni Turkissa," Emilia sanoi, "se on ollut mukavaa ja on henkisesti raskasta toivoa koko ajan ihmettä. Ja minä tiedän itsekin, ettei sitä tule tapahtumaan."

Minä sain sellaista läheisyyttä mitä kaipaan, eikä Ville pysty sitä minulle antamaan.

Marja puristi hiljaa Emilian kättä hetken aikaa ja nyökkäsi, "mitään ei ole tapahtunut Villen tilassa, lukuun ottamatta sitä, että hän on saanut muutamia rytmihäiriöitä. Tuntuu hullulta, mutta tuntui aivan kuin hän olisi saanut niitä, kun sinä olet ollut poissa. Ne alkoivat melkein heti lähtösi jälkeen."

Emilia ei sanonut mitään, mutta Marjan lause sai toivon heräämään hänessä jälleen.

"Mutta pitää toki muistaa, että ne saattavat johtua mistä vaan," Marja sanoi ja huokaisi sitten, "meidän Riikkakin saa vauvan kesän lopulla. En varmaan ehdi enää niin paljoa käytä täällä, kun he tarvitsevat Jeren kanssa apua lapsenhoidossa."

"Ymmärrän," Emilia sanoi ja oli onnellinen Villen siskon puolesta, "sano onnittelut Riikalle."

"Mitä jos itse kävisit Riikan luona," Marja vihjaisi, "Riikka juuri harmitteli sitä, että sinun kummipoikasi kasvaa koko ajan, etkä ole yhtään käynyt kylässä."

"Olet oikeassa," Emilia painoi katseensa maahan, "olen kyllä ollut huono kummitäti ja huono ihminen, kun olen työntänyt kaikki läheiset pois luotani."

"Sinä olet surrut Emilia ja se on täysin ymmärrettävää," Marja sanoi, "me kaikki olemme olleet tässä tilanteessa, mutta Ville on sinun elämänkumppanisi."

"Niin hän onkin," Emilia sanoi ja hänen teki mieli oksentaa huonosta omasta tunnosta, mikä kasvoi koko ajan Sebastianin ja hänen tekemiensä vuoksi. Jos Villellä oli ollut rytmihäiriöitä sen vuoksi, että hän oli ollut poissa, niin jollain tasolla Villen oli pakko tiedostaa se, että Emilia ei ollut käynyt ja se todella toi valtavasti toivoa kaiken keskelle.

Sebastian seisoi taas lentokoneen ovella hymyillen Emilialle, mutta Emilia ei pystynyt katsomaan häntä silmiin. Sebastian oli komea ja Emilia olisi halunnut vain painautua tämän syleilyyn, mutta hän oli päättänyt, ettei enää koskisi Sebastianiin, ei ainakaan niin kauan, kun Ville olisi elossa. Viikko Suomessa oli ollut virkistävä ja myös tavallaan raskas, joten töihin paluu tuntui hyvältä vaihteeksi, vaikka hän tiesi työn tuovan kiireitä mukanaan. Greta olisi lomalla seuraavan viikon ja Emilian pitäisi selvitä kaikista töistä Damlanin kanssa kahden, kuten Damlan ja Greta olivat saaneet tehdä kuluneen viikon.

Lentokoneen ollessa ilmassa Emilia yritti nukkua, mutta hänen ajatuksensa pyörivät vain Sebastianissa ja Villessä ja siinä, kuinka hän saisi selvitettyä Sebastianille miksi ei voinut tapailla tätä enää. Sebastian ei varmasti ollut kokenut mitään vastaavaa menetystä ja luonteensa puolesta tuskin osasi edes rakastaa ketään niin paljoa, että Emilian kannattaisi tuhota oma avioliittonsa sen vuoksi. Eniten Emilia kuitenkin pelkäsi sitä, että hän rakastuisi vielä enemmän Sebastianiin ja tämä pettäisi hänet ja se tuntuisi lähes samalta kuin Villen menettäminen. Hän ei ollut varma Sebastianin aikeista ja vaikka hän oli vaikuttanut vilpittömältä, niin silti Sebastianin käytös oli toisinaan ollut hieman ala-arvoista.

Lento saapui Turkkiin ja he siirtyivät hotellille. Emilia yritti vältellä Sebastiania viimeiseen asti, jotta saisi lisäaikaa Sebastianin kohtaamiseen. Emilia kantoi nopeasti tavaransa huoneelleen ja puki bikinit ylleen. Hän suuntasi uima-altaille hukkuakseen väkijoukkoon ja otti aurinkotuolin läheltä allasbaaria. Oli huhtikuun alku ja ilma oli jo lämmin, vaikka tämä olikin vasta kevättä Turkissa. Kesästä tulisi tuskaisen kuuma, eikä Emilia niin välittänyt helteistä.

Sebastian käveli hotellin puolen uima-altaan vierellä ja selvästi etsi jotain, eikä Emilian tarvinnut yrittää arvata ketä. Emilia nousi ylös ja käveli rantabaarille, jossa Demir oli töissä. Demir tervehti hymyillen Emiliaa.

"Saanko tulla auttamaan sinua sille puolelle, voin vaikka tiskata," Emilia kysyi ja siirtyi baaritiskin toiselle puolelle, kun Demir antoi merkin, että hän saisi tulla sinne.

Voisitko piilottaa minut jonnekin tiskin alle?

"Miten lomasi Suomessa sujui," Demir kysyi aina yhtä hyvän tuulisena ja asetti tiskikorin lavuaarin päälle, jotta Emilia voisi täyttää sen.

"Se meni hyvin, oli ihanaa käydä kotona," Emilia sanoi ja katseli huolissaan Sebastianin kävelyä rantabaaria kohden. Mitä hän oikein tekisi? Hän oli varma, että Sebastian pystyisi puhumaan hänet olemaan välittämättä Villestä. Sebastianin ei olisi tarvinnut tehdä mitään muuta kuin koskettaa hänen ihoaan, niin Emilia olisi ollut taas valmis tuntemaan sen huuman minkä keskelle hän oli joutunut reilu viikko sitten.

Sebastian astui rantabaariin ja Emilia päätti tehdä jotain todella typerää.

"Demir," Emilia sai Demirin huomion ja syöksyi suutelemaan tätä varmistaen samalla, että Sebastian näki tilanteen. Sebastian tuijotti pitkään, eikä Demir estellyt tapahtuvaa tilannetta mitenkään, vaan oli mukana koko sielullaan, toisin kuin Emilia, jonka teki mieli huutaa Sebastiania häipymään, jotta hän voisi lopettaa.

Lopulta Sebastian luovutti ja lähti pois, eikä hänen kasvoillaan ollut häivääkään siitä itsevarmuudesta tai hymystä mikä hänestä yleensä paistoi.

Emilia työnsi Demirin pois luotaan ja hengitti kiihkeästi, mutta ei huuman vuoksi, vaan sen vuoksi, että Sebastianin loukkaaminen tuntui todella pahalta.

Mikä minua vaivaa? Olen varmaan typerin ihminen maan päällä!

"Mistä tuo tuli," Demir kysyi hämmentyneenä, "kyllähän minä pidän sinusta tavallaan, mutta en arvannut, että sinä välittäisit minusta."

"Minun täytyi tehdä se," Emilia sanoi, "olen pahoillani."

Olet hyvä suutelija. Joku tyttö tulee olemaan vielä onnellinen kanssasi.

"Ei älä ole pahoillasi," Demir sanoi, "mutta tuo oli hieman hämmentävää."

"Tein sen, kun en keksinyt mitään muuta," Emilia painoi katseensa maahan, "en minä pidä sinusta niin kuin nyt luulet. Pidän sinusta ihan vain ystävänä."

"Tuo oli kieltämättä todella erikoista," Demir naurahti, "olisinhan minä ihan hyvä kauppa sinulle, tosin sinä olet mielestäni liian vanha minulle."

"Mutta enhän minä nyt niin vanha ole, kun olen sinua vain yksitoista vuotta vanhempi," Emilia sanoi leikillään nauraen, "mutta taidan olla selityksen velkaa sinulle."

"Se olisi kieltämättä mukava kuulla, vai onko sinulla tapana useinkin suudella miehiä tuosta noin vaan," Demir ojensi tekemänsä drinkin Emilialle, "tosin mielelläni minä sinua suutelen lisää, jos haluat."

"Ehkä minä jätän väliin, vaikka olihan sinulla kyllä pehmeät huulet," Emilia otti hörpyn drinkistä ja hymyili Demirille, "olet oikeassa, olet hieman liian nuori minulle."

"Pitäisikö tästä keskustella myöhemmin drinkkien äärellä ja voisimme käydä hamamkylvyssä," Demir kysyi ja työnsi tiskikorin tiskikoneeseen.

"Se kuulostaa kyllä hyvältä," Emilia sanoi ja joi drinkin loppuun, "lähtisikö Damlan meidän mukaan."

"Käy kysymässä, hän varmasti näkee sinua mielellään viikon lomasi jälkeen," Demir sanoi.

"Käyn tervehtimässä Damlania ja palaan ottamaan aurinkoa tänne, jotta saan olla rauhassa," Emilia sanoi ja siirtyi baaritiskin takaa etupuolelle, "tule sanomaan, kun pääset."

"Menee pari tuntia," Demir sanoi ja otti vastaan asiakkaat, jotka saapuivat hakemaan juomaa.

Emilia juoksi suorinta reittiä sisälle Damlanin luo toimistolle ja pyrki välttelemään muita tuttuja. Olisi ollut mukavaa nähdä Gretaakin, mutta Greta oli lähtenyt jo aamulennolla Ruotsiin oman aviomiehensä luokse ja palaisi vasta viikon päästä.

Damlan ilostui silmiin nähden Emilian paluusta ja tuli halaamaan häntä. Damlan pyysi Emiliaa istumaan ja istuutui itsekin alas työpöytänsä ääreen.

"Meillä onkin paljon työtä alkavalle viikolle," Damlan sanoi, "meidän pitää tehdä mielipidekyselyä lastenohjelmistoista ja ruokailuista. Meiltä halutaan ainakin kahdentuhannen ihmisen mielipiteet."

"Siihen menee aikaa aamusta iltaan," Emilia huokaisi, mutta oikeasti hän oli tyytyväinen siitä, sillä työt pitäisivät hänet kiireisenä.

"Teimme Gretan kanssa kyselyä ruokailuista, mutta niiden parissa jatkamme Gretan palattua, joten emme joutuneet tekemään niin kovasti töitä sen eteen vielä," Damlan sanoi ja ojensi kyselyvastauksia Emilialle, "johto haluaa myös, että työskentelemme toukokuussa kaikissa työpisteissä hetken aikaa, jotta pystymme raportoimaan työntekijöiden mielialoista ja mahdollisista parannuksista," Damlan sanoi, "tulee ainakin erilainen työkuukausi, sillä en ole tehnyt päivääkään vastaavaa suorittavaa työtä."

"Minä olen," Emilia sanoi ja häntä nauratti ajatus tilanteesta, jossa hän työskentelisi Demirin kanssa.

"Mikä sinua naurattaa," Damlan kysyi ja Emilian nauru tarttui häneen.

"Suutelin juuri pikkuveljeäsi," Emilia alkoi tosissaan ymmärtää tilanteen koomisuuden ja samalla sen miten kamalaa se oikeastaan oli ollut. Sebastian oli näyttänyt todella surulliselta. Ehkä se oli aivan oikein Sebastianille, sillä Emilian käsityksen mukaan kovinkaan moni tyttö ei sellaista tehnyt hänelle, vaan juoksi itkien tämän perässä. Ei Emilia silti ollut ylpeä teostaan.

"Teit mitä," Damlan kysyi epäröivänä.

"Kyllä. Minä suutelin juuri pikkuveljeäsi," Emilia vakavoitui, "mutta en minä silti Demiristä pidä siinä mielessä."

"Eikö hän ole vähän liian nuori sinulle," Damlan kysyi ja virnisti.

"On, aivan liian nuori," Emilia naurahti, "tulin oikeastaan kysymään sinua minun ja Demirin seuraksi illalla. Drinkki ja hamam. Miltä kuulostaa?"

"Hyvältä. Lähden mielelläni," Damlan sanoi.

"Lupasin Demirille selityksen samalla siihen miksi suutelin häntä ja ihan vaan tiedoksesi, veljesikin piti minua itselleen liian vanhana," Emilia naurahti ja katseli hetken vielä Damlanilta saatuja papereita ja päätyi uima-altaalle ottamaan aurinkoa Demirin vuoron loppuun asti. Näin lämmintä päivää Turkissa ei vielä ollut tähän mennessä ollutkaan.

Emilia, Demir ja Damlan suuntasivat Antalyan keskustaan. He istuutuivat paikalliseen katukahvilaan ottamaan rakit ja muutaman lasillisen viiniä ja Emilian oli viimeinkin aika kertoa heille mitä hänen elämässään tapahtui. Oli outoa, että hän oikeasti halusi kertoa Villestä ja Sebastianista Damlanille ja Demirille, mutta toisaalta molemmat olivat tulleet lähes yhtä läheisiksi hänelle kuin Greta, viimeisen kolmen kuukauden aikana.

"Minä suutelin sinua oikeastaan vain sen vuoksi, että saisin sinusta alibin," Emilia alkoi lopulta kertoa syytä omituiselle käytökselleen.

"Enkö siis olekaan niin haluttava kuin luulin," Demir kysyi leikillään.

"Olet toki haluttava, mutta suutelin sinua päästäkseni eroon Sebastianista," Emilia sanoi ja hänen rintaansa pisti ajatella Sebastianin surkeaa ilmettä ja sitä, että hän ei enää saisi kokea Sebastianin kosketusta.

"Sebastianista," Demir kysyi hämmentyneenä, "hän onkin ollut sen oloinen, että olisi vähän kiinnostunut sinusta."

"Hän on ollut liiankin paljon kiinnostunut minusta," Emilia huokaisi.

"Mutta luulin, että sinäkin olisit vähän hänestä," Damlan sanoi ja siristi silmiään, "jotenkin olet mielestäni katsonut häntä aina sillä tavalla, että pidät hänestä."

"Niin minä pidänkin, ihan hirmuisen paljon," Emilia rypisti otsaansa, "mutta ei siitä tulisi mitään Sebastianin kanssa."

"Niin hän taitaa olla aikamoinen naistenmies," Damlan sanoi irvistäen, "hän on komea ja varmasti jokaisen naisen unelma ulkonäöltään, mutta muuten hän taitaa olla peluri, etenkin sen perusteella mitä olen kuullut."

"Niin, minut hän ainakin sai täysin lumoutumaan," Emilia huokaisi ja se harmitti häntä, "hän onnistui kaatamaan minut vuoteeseensa viikko sitten."

"Harrastitko sinä seksiä hänen kanssaan," Demir kysyi naurahtaen.

"Monta kertaa," Emilia sanoi nolona, "ja minä niin haluaisin olla hänen kanssaan, mutta en minä voi, kun siihen on yksi este, jonka vuoksi en voisi olla hänen."

"Mikä este," Damlan kysyi vakavana.

"Minä olen naimisissa Suomalaisen miehen kanssa," Emilia sanoi huokaisten. Nyt hänen olisi viimeinkin pakko kertoa Villestä, "mutta kun kerron teille nyt jotain, niin haluan että pidätte sen salassa, sillä vain Greta tietää siitä."

Molemmat nyökkäsivät vakavana.

"Mieheni Ville joutui reilu vuosi sitten onnettomuuteen ja hän on ollut siitä asti teho-osastolla, eikä ole varmaa herääkö hän enää ikinä,"

Emilia sanoi, mutta yllättyi, että hän pystyi kertomaan asiasta itkemättä.

"Tuohan on ihan kamalaa," Damlan henkäisi.

"Villen vuoksi en voi olla enää Sebastianin kanssa, sillä nyt viikon aikana ymmärsin, että en voi tehdä sellaista Villelle. Jos Ville herää ja kuulee mitä hänen vaimonsa on tehnyt, niin hän ei voisi antaa sitä ikinä anteeksi ja olen nyt jo tehnyt tarpeeksi kamalan teon, kun olin Sebastianin kanssa," Emilia selitti.

"Ymmärrän," Damlan sanoi vakavana.

"Sebastianin kosketus vain tuntui niin hyvältä ja oikealta sillä hetkellä, mutta viimeisen viikon aikana olen katunut sitä paljon," Emilia tarttui viinilasiinsa ja katsoi Demiriä, "suutelin sinua, jotta en joutuisi selittämään Sebastianille Villestä, sillä olisin aivan varmasti päätynyt hänen syliinsä yöksi. En pysty vastustamaan häntä, sillä jokin hänessä on alusta asti vetänyt minua puoleensa."

"Minä pidän Sebastianista," Demir sanoi vakavana, "hän on aina ollut mukava minulle ja en haluaisi joutua vuoksesi ongelmiin, vaikka ymmärränkin miksi teit sen."

"Voi Demir olen niin pahoillani. En ajatellut asiaa ollenkaan sinun kannaltasi," Emilia sanoi ja oli oikeasti pahoillaan.

"No se on nyt tehty ja onnistuit, joten en minä ole vihainen," Demir sanoi ja tuntui olevan vilpitön.

"Toivoisin vain, että ette puhu tilanteestani mitään, sillä en kaipaa sääliä, enkä minä oikein välitä puhuakaan siitä mitä Suomessa on tapahtunut ja mikä minua siellä odottaa," Emilia sanoi.

"Mitä sinä aiot jos miehesi ei herääkään enää," Damlin kysyi.

"En tiedä," Emilia sanoi, eikä oikeasti ollut ajatellut sellaista vaihtoehtoa juuri ollenkaan, sillä hän halusi Villen heräävän.

"Odotatko häntä loppuelämäsi," Damlan kysyi vielä perään.

"Odotan varmaan niin kauan kuin tarvitsee," Emilia huokaisi ja virnisti, "mutta aika näyttää miten käy. Villen äiti kyllä ilmoittaa heti jos Villen tilassa tapahtuu muutoksia."

"Pitäisikö meidän siirtyä hamamkylpyyn, jotta ei mene liian myöhäiseksi," Demir katsoi kelloaan, "on aikainen vuoro huomenna."

Emilia ja Damlan olivat samaa mieltä ja he suuntautuivat rentoutumaan kohti paikallista hamamkylpylää.

Viikko kului nopeasti asiakkaita haastatellessa, eikä Emilia juurikaan ollut nähnyt Sebastiania, eikä Sebastian selvästikään ollut halukas kysymään tapahtuneesta. Toisaalta Emilia oli harmissaan, kun Sebastian oli luovuttanut niin helpolla hänen suhteensa, mutta oli silti parempi niin, että Emilia oli saanut Sebastianin uskomaan kerrasta, ettei heistä voisi tulla paria, ei ainakaan nyt. Emilia ikävöi vuoroin Villeä ja vuoroin Sebastiania ja kaipasi molempien miesten kosketusta. Miten hän saattoi olla niin kahden miehen pauloissa samaan aikaan.

5. Totuus

Huhtikuun lopussa oli jo melko lämmintä ja asiakaspalveluvastaavat olivat olleet työn touhussa. Yksi vapaapäivä viikossa alkoi verottaa taas, etenkin kun muuten työpäivät olivat kaksitoista tuntisia, eikä johto antanut juurikaan armoa päiviin. Emilia oli paneutunut töihinsä täysillä, jotta hänen ei tarvinnut törmätä Sebastianiin ja naisiin, joiden seurassa hän tuntui viihtyvän paremmin kuin hyvin. Saattoihan olla, että Sebastian ei olisi edes halunnut Emiliaa silloin, kun oli tulossa allasbaarille Emilian paluun jälkeen. Hän oli mahdollisesti ollut tulossa kertomaan, ettei hän pitänytkään Emiliasta, mutta Emilia oli tehnyt asian helpoksi Sebastianille.

Lasse oli pyytänyt Emilian käymään toimistolla. Emilia suuntasi paikalle välittömästi. Yleensä Lassella oli aina jokin erikoistehtävä, kun hän halusi tavata henkilökohtaisesti.

"Saako tulla sisään, " Emilia kysyi ja kurkisti varovasti ovenraosta.

"Saa tulla," Lasse nyökäytti päätään ja pyysi Emiliaa istuutumaan.

Emilia seisahtui sohvan eteen hetkeksi aikaa ja tunsi vatsansa kääntyvän hetkellisesti väärin päin, kun näki Sebastianin istuvan ruskeine silmineen Lassen huoneessa myös. Hän istuutui alas ja yritti olla välinpitämätön.

Mitä Sebastian tekee täällä?

"Tarvitsen sinut yhteen erikoistehtävään," Lasse sanoi, "Sebastian lähtee lentäjäksi ja lähdette hakemaan Floridasta James ja Amanda Goldit paikalle."

Ei! Älä pakota minua tähän!

"Mutta minulla on täällä kovin paljon töitä tällä hetkellä," Emilia sanoi ja hän ei todellakaan halunnut lentää niin pitkää matkaa Sebastianin kanssa. Siihen menisi yli vuorokausi, eikä siitä tulisi mitenkään mukava matka.

"He haluavat sinut," Lasse sanoi, "he haluavat täyden viiden tähden luksusloman ja koska olet asioinut heidän kanssaan paljon aiemminkin Suomessa, he vaativat, että juuri sinä lähdet noutomatkalle mukaan, kuten aiemminkin olet mennyt."

"Mutta," Emilia yritti vielä, mutta Lassen ilmeestä näki, ettei hänellä ollut valinnan varaa.

En jaksa Goldeja muutenkaan juuri nyt.

"Teillä on kaksi tuntia aikaa pakata, sitten teidän täytyy lähteä. Pidätte vain huolta, että he saavat kaiken mitä tarvitsevat ja yksityiskoneesta löytyy valmiina tarjottavaa heille lennon ajaksi," Lasse sanoi ja näytti merkkiä, että he saivat poistua huoneesta.

Lohduttavaa oli, että Sebastian ei näyttänyt yhtään sen enempää innostuneelta asiasta, kun Emiliakaan ja poistui pitkin askelin paikalta.

Tästä tulee niin painajaismainen lento.

Emilia meni työhuoneensa kautta pakkaamaan tavaroitaan. Greta saapui hetken kuluttua hänen huoneelleen.

"Kuulin, että joudut lähtemään Sebastianin kanssa pitkälle lennolle," Greta istuutui Emilian vuoteelle, "miten sinä aiot selvitä siitä."

"En minä tiedä, mutta siitä tulee ihan kamalaa," Emilia huokaisi ja istuutui Gretan viereen, "toivon vain, etteivät Goldit huomaa mitään, sillä he ovat todella vaativia asiakkaita."

"Sanot Sebastianille suoraan, että hänen täytyy käyttäytyä," Greta sanoi ja ojensi Emilian puhelimen laturin hänelle.

"Niin minun varmaan pitää sanoa," Emilia mutristi suutaan, "kunhan osaisin itse käyttäytyä."

Pelkään taas itkeväni koko ajan.

"Kyllähän sinä osaat," Greta naurahti, "en tunne ketään jolla olisi noin hyvät hermot kuin sinulla. Sinä jos kuka selviät lennosta Sebastianin kanssa."

"Ei minun ainakaan tarvitse katsella ketään muita naisia hänen ympärillään siellä," Emilia sanoi ja nousi ylös, "ei tässä nyt auta muu kuin pakata tavarat."

"Minun täytyy kertoa sinulle yksi asia," Greta sanoi ja puri huultaan, "lupasin kyllä Sebastianin siskolle, etten kerro, mutta haluan että tiedät sen mitä hän kertoi minulle."

Haluanko tietää?

"Kerro," Emilia käski, mutta ei keskeyttänyt tavaroidensa pakkaamista.

"Minun olisi pitänyt sanoa tästä sinulle jo aiemmin, kun puhuit epäileväsi Sebastianin vain pitäneensä sinua yhtenä hoitona muiden naisten joukossa," Greta kurtisti kulmiaan, "mutta en saanut lupaa siihen."

Emilia pysähtyi katsomaan Gretaa kysyvästi.

"Silloin kun sinä ja Sebastian päädyitte toistenne vuoteisiin, oli hän soittanut Stinalle ja kertonut, ettei ollut tuntenut vuosiin niin ketään kohtaan kuin sinua kohtaan tunsi," Greta sanoi hiljaa, "hän sanoi, että olisi ollut valmis uhraamaan kaiken puolestasi ja oli varma, että sinäkin tunsit niin."

Sebastianin tunteet siis olivatkin olleet todellisia?

"Voi ei," Emilia istuutui lattialle ja omatunto kolkutti hänen päässään, "minä olen ihan kamala ihminen."

"Sebastian oli ollut sinun ja Demirin suudelmasta aivan suunniltaan ja hän oli täysin vetäytynyt kuoreensa taas ja alkanut käyttäytyä omalla hölmöllä tavallaan, kun hänen sydämensä särkyi vuoksesi," Greta kertoi surullisen kuuloisena, "älä ole Sebastianille liian ankara tai inhottava lennolla."

"En voi lähteä hänen kanssaan Greta," Emilia sanoi ääni väristen, "kaipaan häntä ja kun olin kuvitellut, ettei hän välitä minusta, niin oli paljon helpompi teeskennellä, etten minä pidä hänestä. Mutta kun minä ikävöin häntä aivan valtavasti. Nyt kun Ville ei ole täällä ja olen kaukana Suomesta, niin on alkanut tuntua siltä, etten välitä pätkänkään vertaa mitä siellä tapahtuu. Mutta pelkään, että tunnen taas kuuluvani Villen luokse, kun käyn seuraavan kerran Suomessa ja satutan uudelleen Sebastiania."

Mitä minun pitäisi tehdä?

"En osaa neuvoa sinua, miten toimia tilanteessa, mutta sen verran sanon, että Sebastian on mukava ihminen, jos vaan ei välitä hänen menneisyydestään. Rakkautta löytää niin harvoin, että minä en jättäisi tilaisuutta käyttämättä," Greta sanoi, "Sebastian on hyvinkin elävä ja hereillä, toisin kuin sinun Villesi."

Emilia ei sanonut mitään, mutta tiesi Gretan olevan oikeassa. Miksi hän oikeastaan yritti estellä omia tunteitaan, etenkin jos Sebastian todella tunsi myös niin häntä kohtaan. Hänen pitäisi murehtia Villeä vasta kun olisi sen aika ja ehkä Sebastian ymmärtäisi miksi Emilia oli toiminut, kuten oli toiminut.

Sebastian ei edes katsonut Emiliaan ja puhui vain sen mitä oli pakko. Emilia yritti viritellä keskustelua muutamaan otteeseen, mutta Sebastian oli selkeästi haluton keskustelemaan, joten Emilia kunnioitti sitä. Hän nukkui suurimman osan menolennosta, kun muuten olisi ollut niin yksinäistä.

Goldit saatiin kyytiin ja osa lennosta sujui autopilotin kanssa, jota perämies vahti, jolloin Sebastiankin siirtyi syömään ja juttelemaan Goldien kanssa. Emilia yllättyi, kuinka hyvin he pystyivät esiintymään normaaleina työkavereina Sebastianin kanssa ja juttelivat Goldien kanssa kuin normaalit ihmiset.

"Tämä Lassen uuden hotellin lentokone onkin aivan ykkösluokkainen verraten hänen Suomalaiseen vastaavaan," Amanda kehui ja katseli lentokoneen tiloja.

"Turkissa kaikki on suurempaa ja hienompaa," Emilia sanoi hymyillen ja kaatoi kuohuviiniä pariskunnalle, "odottakaahan kun näette hotellin."

"Hotelli on kyllä todella mieletön," Sebastian sanoi ja oli ottanut ruokaa lautaselleen.

"Me olemmekin tämä Emilia Lehdon kanssa tehneet yhteistyötä paljon vuosien varrella," Amanda sanoi ja istuutui alas kuohuviininsä äärelle, "miten sinun aviomiehesi voi Emilia?"

Ei älkää nyt ottako Villeä puheeksi!

"Hän onkin mukava nuori mies," James sanoi Sebastianille ja Sebastianin silmistä näkyi lievä hämmennys.

No niin, nyt tiedät jo osan totuutta Sebastian.

"Hän voi hyvin. Hän on Suomessa sen ajan mitä minä olen Turkissa," Emilia sanoi ja toivoi, että puheenaihe vaihtuisi. Ei olisi reilua kertoa Sebastianille asiasta nyt, vaan hän halusi olla kahden kesken, eikä hän halunnut kertoa Goldeillekaan tilanteesta, ettei pilaisi heidän lomaansa.

"Mahtaa olla raskasta olla erossa, kun on noin tuore avioliittokin vielä," Amanda kauhisteli ja Emilia kohautti hartioitaan Amandan jatkaessa, "kauan siitä on aikaa? Juuri ja juuri kaksi vuotta, kun teidät vihittiin?"

Olisi ollut mukavaa juhlistaa sitä hääpäivää Villen kanssa, mutta minä olenkin nyt Turkissa kaiken tämän sotkun keskellä.

"Kesäkuun alussa tulee kaksi vuotta," Emilia sanoi hymyillen ja pidätteli mieltänsä, ettei pala noussut kurkkuun, sillä tämä ei ollut oikea paikka itkeä asian vuoksi.

"Mitenkä nuori mies, oletko sinä naimisissa," Sebastian pudisti päätään, "olen minä ollut, mutta nyt olen vapaalla jalalla, enkä kaipaakaan uutta suhdetta, vapaus on niin helppoa."

Sebastian naimisissa?

Emilia huomasi hetkellisen pilkallisen katseen Sebastianilta itseensä, mutta yritti olla välittämättä siitä. Hän oli varmasti ansainnut kaiken mitä Sebastian sanoi. Silti tieto Sebastianin avioliitosta yllätti Emilian. Sebastian ei vaikuttanut naimisiin menevältä mieheltä.

"Te nuoret olette niin kovin helposti eroavaa sorttia," Amanda huokaisi ja joi lasistaan. Emilia nyökytti päätään. Goldit olivat lähelle seitsemänkymppisiä molemmat ja oli parempi olla väittämättä vastaa, etenkin kun oli kyse Amandasta. James oli selvästi Goldien perheessä se, kenelle sanottiin missä kaapin paikka sijaitsee.

Sebastian ei kauaa viihtynyt Goldien seurassa, vaan siirtyi takaisin ohjaamoon, jättäen Emilian viihdyttämään vieraita. Goldien nukahdettua Emilia vetäytyi henkilökunnalle varattuun makuutilaan ja tuijotti kattoon, toivoen, että aamu tulisi pian ja he pääsisivät takaisin hotellille. Miten hän saisi Sebastianin puhumaan kanssaan, sillä nyt hänestä tuntui siltä, että hän oli tehnyt kamalan virheen yrittäessään karkottaa Sebastianin luotaan.

Hän oli umpirakastunut Sebastianiin, eikä ymmärtänyt, miksei ollut aiemmin tiedostanut sitä. Hän oli vain murehtinut Villeä niin paljon, että oli unohtanut Turkissa asuvan todellisen miehen, joka ei ollut aivokuollut, jonka käsi oli lämmin ja sellainen joka pystyi tarttumaan Emiliaan kiinni.

Emilia säpsähti mietteistään ohjaamon oven auetessa ja Sebastian astui henkilökunnan tilaan ja otti kahvia.

"Sebastian," Emilia aloitti varovasti, "haluaisin jutella sinun kanssasi."

Sebastian pysähtyi hetkeksi ja katsoi Emiliaa tuimana, "se sinun aviomiehesi ei varmasti pitäisi siitä, että juttelet minun kanssani."

"Kai minä saan jutella, kenen kanssa haluan," Emilia sanoi ärtyneenä.

Sebastian ei varmasti tekisi tästä helppoa.

"Hyvä on, korjaan, se sinun aviomiehesi ei varmasti olisi iloinen siitä, että sinä harrastat seksiä työmatkallasi hotellin henkilökunnan kanssa," Sebastian sanoi ja hörppäsi kahvia.

Niin mitäpä tuohon nyt voisi järkevästi vastata?

"Ei, siitä hän ei varmasti pitäisi," Emilia sanoi, "mutta se ei ole niin yksinkertaista."

"Tiedätkö miksi minä kohtelen naisia, kuten kohtelen," Sebastian kysyi silmiään siristäen ja Emilia pudisti päätään, "koska te kaikki olette pohjimmiltanne samanlaisia huoria, aivan kuten sinä."

Emilia ei saanut sanaa suustaan ulos hämmennykseltään, mutta hänen teki mieli lyödä Sebastiania.

Rauhoitu Emilia, sinä vannoit, ettet enää riitele kenenkään kanssa.

Emilia päätyi nyökkäämään huokaisten ja käänsi vuoteella kylkeään. Hän puhuisi Sebastianille joskus toiste.

Goldit saatiin hotellille turvallisesti ja Emilia meni tapaamaan Gretaa ja Damlania, ennen kuin pääsisi lepäämään rankan vuorokauden jäljiltä.

"Saitko puhuttua Sebastianin kanssa," Greta kysyi heti kun Emilia astui huoneeseen.

"En," Emilia huokaisi ja jatkoi pilkallisesti, "kun me kaikki naiset olemme tällaisia huoria kuten minä olen."

"Mitä," Damlan kysyi järkyttyneenä, "sanoiko hän todella niin?"

"Hän oli hetki aiemmin kuullut, että olen naimissa," Emilia sanoi ja istuutui, "mutta en saanut sanottua hänelle Villestä mitään."

"Äh, hän on niin tyypillinen mies," Greta huokaisi, "tekisi mieli vedellä ympäri korvien häntä."

"Olisinhan minä voinut kertoa hänelle, mutta kun hän sanoi minua huoraksi, en pystynyt," Emilia mutristi suutaan, "suututti liikaa sellainen."

"Sinun pitää yrittää uudelleen, jos hän kuuntelisi," Greta sanoi, "ja jos se ei auta, niin minä menen puhumaan hänen kanssaan."

"Ei Greta, tämä minun pitää itse hoitaa," Emilia sanoi ja siirtyi ovelle, "menen nyt nukkumaan hetkeksi."

Emilia käveli aulaan odottamaan hissiä ja näki Sebastianin juovan drinkkiä baaritiskillä.

Miten voin rakastaa sinua näin paljon ja silti olen aivan raivoissani sinulle Sebastian!

Miten Sebastian oli kehdannut sanoa hän huoraksi? Yöllä hän ei ollut halunnut sanoa mitään, mutta nyt kun väsymys painoi päälle ja hän oli pyöritellyt asiaa mielessään, niin Sebastian kyllä ansaitsi läksytyksen asiasta. Hän lähti kävelemään

Sebastiania kohden ja jäi seisomaan tämän viereen nojaten baaripöytään.

Sebastian katsoi häntä halveksuen, "oletko ehtinyt kaataa sänkyysi jo koko hotellin henkilökunnan?"

Olet uskomaton paskiainen Sebastian Kajander!

Emilia ei edes itse tajunnut asiaa, ennen kuin oli läimäyttänyt kämmenellä Sebastiania suoraan poskelle, "tuon sinä niin ansaitsit."

Hän todella ansaitsi, sen mutta en halua tehdä sitä uudestaan. Parasta poistua paikalta.

Emilia oli valtavan raivon vallassa, joten päätyi lähtemään hissille. Hän tunsi Sebastianin seuraavan itseään ja nopeutti askellustaan.

Älä seuraa minua!

Hissin ovi avautui heti kun hän painoi nappia ja vaikka hän yritti saada ovet sulkeutumaan ennen Sebastianin tuloa, ei hän ehtinyt ajoissa, vaan Sebastian astui hissiin.

Voi ei. Tästä ei kyllä seuraa mitään hyvää.

"Millä oikeudelle sinä tulet lyömään minua," Sebastian kysyi raivoissaan.

"Samalla oikeudella kun sinä kohtelet naisia niin ala-arvoisesti ja kerrot olettamuksiasi heistä,"

Emilia kivahti ja läpsäisi toisenkin kerran Sebastiania poskelle.

Arvasin, että tekisin sen uudestaan! Ja hän niin ansaitsi toisenkin läimäytyksen!

"Jumalauta Emilia," Sebastian huudahti ja piteli poskeansa.

Tuo oli kaikilta niiltä naisilta, kenen sydämet sinä olet särkenyt.

Hissin ovi aukesi ja henkilökunnan kerroksessa oli väkeä, joten he suuntasivat suoraan Sebastianin huoneelle saadakseen alkaneen riitansa jatkumaan.

Heti kun ovi oli sulkeutunut, Sebastian jatkoi huutoaan, "lyö vielä kerran, niin lyön takaisin ja en todellakaan haluaisi saada kokemusteni joukkoon naisen pahoinpitelyä!"

"Lyön sinua tarvittaessa niin monta kertaa, että sinun päähäsi mahtuu se, ettei kaikki ole niin mustavalkoista kuin sinä luulet," Emilia huusi ja tönäisi Sebastianin seinään, "en muista että kukaan olisi ikinä saanut minua näin vihaiseksi! Ei vaan muistan minä! Minun aviomieheni melkein puolitoista vuotta sitten!"

Niin et usko miten paha ihminen olen, enkä halua vihata sinua.

"Hänen oli pakko olla onnellinen, kun pääsi sinusta eroon," Sebastian tokaisi kasvot täynnä inhoa, "kukaan mies joka rakastaa vaimoaan, ei päästä häntä lähtemään näin kauas, ellei halua eroon hänestä."

Miten sinä voit sanoa noin?

"Varo sanojasi Sebastian," Emilia sanoi ja tunsi kyynelten kirvelevän silmissään, "niin kauan kuin et tiedä minusta mitään, niin älä tee olettamuksia."

"Eikö sinun käytöksesi ja kaikki kuulemani ole ollut melko selviä asioita," Sebastian sanoi edelleen inhoa äänessään, "ymmärrän että sinä makaat oman ikäistesi kanssa, mutta Demir on vielä ihan lapsi sinuun verrattuna!"

"En minä ole maannut Demirin kanssa," Emilia huudahti ja jatkoi hiljaa, "suutelin Demiriä vain, jotta sinä pysyisit kaukana minusta."

"Onnistuit," Sebastian sanoi ja osoitti ovelle, "nyt voisit poistua, etten minä oikeasti hermostu sinulle."

Millä minä saan sinut hiljaiseksi ja kuuntelemaan itseäni?

"En mene ellet kuuntele minua," Emilia sanoi hiljaa ja muutama kyynel valui silmistä.

"Aina te naiset olette itkemässä joka asiasta," Sebastian sanoi ja tarttui Emilian käteen kovakouraisesti lähtien taluttamaan häntä ovea kohti, "mene aviomiehesi luo, mikäli hän sinut vielä huolii."

Menisin jos kyllä, jos siitä olisi jotain hyötyä.

"Ei hän voi huolia minua enää," Emilia riuhtaisi itsensä irti Sebastianin otteesta. Sebastian oli oikeassa, ehkä hänen pitäisi lähteä.

"Puhu siitä hänen kanssaan," Sebastian sanoi ja avasi oven.

Emilia astui ulos ja kääntyi Sebastianiin, "hän ei voi puhua kanssani, koska on koomassa ja aivokuollut."

Noin, nyt se on sanottu ja minun on pakko mennä, etten hajoa palasiksi Sebastianin ovella.

Emilia juoksi huoneelleen ja kaivoi tärisevin käsin avainkorttiaan laukustaan ja tunsi, kuinka kyynelten tulva oli taas avattu ja hän ei saanut itkultaan kunnolla henkeä. Hän sai avainkortin käteensä, mutta onnistui tiputtamaan sen lattialle. Juuri kun hän oli nostamassa sitä, hänen kätensä osui Sebastianin käteen, joka oli saavuttanut pudonneen avainkortin ensin.

"Sait huomioni," Sebastian sanoi ja he nousivat lattialta ylös.

Viimeinkin, mutta oliko tämä pakko hoitaa sanomalla niin inhottavia asioita?

Sebastian avasi oven ja he menivät nyt Emilian huoneeseen. Emilia ei saanut sanoja suustaan hetkeen, vaan tyytyi ulvomaan Sebastiania vasten pahaa mieltään pois. Sebastian tarjosi lohdullisen sylinsä ja antoi Emilian olla siinä niin kauan kuin oli tarve.

"En olisi saanut suudella Demiriä," Emilia sanoi lopulta ja irtautui Sebastianin turvallisesta syleilystä, "mutta silloin se tuntui oikealta ratkaisulta."

"En ymmärrä sinua yhtään," Sebastian sanoi ja istuutui Emilian vuoteelle.

"Emilia käveli parvekkeen ovien eteen ja tuijotti ulos merelle, "haluan kertoa sinulle kaiken, mutta en halua, että keskeytät minut."

Sillä jos keskeytät, en usko pystyväni kertomaan kaikkea.

Sebastian nyökkäsi.

"Minä tapasin aviomieheni Villen kuusi vuotta sitten rakentajamessuilla. Hän oli siellä esittelemässä sisustusmateriaaleja, joita Lasse halusi ostaa uuteen hotelliinsa. Hän oli vaaleahiuksinen ja omalla tavallaan komea. Hän oli kova puhumaan ja kun olimme aikamme jutelleet työasioista, pyysi hän minut kahville kanssaan," Emilia hymyili itsekseen, kun muisteli heidän ensitapaamistansa Villen kanssa, "meillä synkkasi heti ja puolen vuoden päästä asuimme yhdessä. Olin aivan umpirakastunut ja luulin kaiken olevan ikuista. Menimme naimisiin muutama vuosi sitten ja meidän piti perustaa perhe. Kaikki oli todella ihanaa ja huomasin olevani raskaana."

Raskausuutinen oli parasta mitä siihen mennessä oli tapahtunut ja minä niin halusin sen lapsen.

Emilia istuutui nojatuoliin, joka oli sänkyä vastapäätä, "sain keskenmenon ja surin sitä pitkään, ehkä liiankin pitkään, sillä eräänä iltana Ville hermostui minulle, kun kiukuttelin taas pahan oloni vuoksi. Riitelimme ja sanoin vihaavani häntä, koska hän ei ymmärtänyt minua. Käskin hänet ulos asunnostamme."

Emilia oli hetken hiljaa ja antoi kyynelten valua valtoimenaan kasvoilleen.

Sebastian ojensi nenäliinapaketin.

"Olin kotona koko illan ja olimme sopineet, että vaikka meillä olisi millainen riita, niin aina nukkuisimme silti samassa vuoteessa, mutta hän ei tullut yöksi kotiin. Olin aamullakin vielä vihainen, mutta vain sen vuoksi, että hän oli mennyt muualle yöksi. Aamulla poliisit ilmestyivät oveni taakse ja kertoivat Villen jääneen auton alle illalla. Menimme suoraan teho-osastolle ja hän oli vaipunut koomaan lyödessään päänsä maahan, eikä mitään luultavasti olisi tehtävissä. Lääkärit kysyivät, että pidetäänkö hänet hengissä ja kun katsoin Villen kauniita kasvoja, tiesin etten voinut antaa hänen mennä, sillä kukaan ei koskaan sanonut, ettei hänellä olisi toivoa ollenkaan. En voinut luopua siitä haaveesta, ettei hän olisi minun loppuelämäni ajan, tai siitä ettei hän koskettaisi minua enää ikinä tai kuiskaisi korvaani rakastavansa minua nukkumaan mennessä, tai siitä ettei hän enää ikinä hymyilisi minulle, kun hän katsoisi minuun sinisillä silmillään," Emilia katsoi Sebastianiin, "hän vaipui koomaan luullen, että minä vihaan häntä, koska sanoin hänelle niin. En pysty päästämään irti hänestä niin kauan, kun en voi sanoa hänelle kuinka paljon rakastin häntä ja kuinka pahoillani minä olen siitä, että pakotin hänet ulos ja sen vuoksi hän jäi auton alle. Minun itsekkyyteni aiheutti tämän kaiken."

Juokse karkuun Sebastian, etten minä aiheuta sinunkin kuolemaasi!

"Ei se ole sinun vikasi," Sebastian sanoi ja veti Emilian tuolilta luokseen vuoteelle, "et voi oikeasti uskoa niin."

"Vuoden ajan minä kävin jokainen päivä hänen luonaan ja rukoilin anteeksiantoa tai jotain ihmettä, joka herättäisi hänet henkiin, mutta sitä ei tullut ja lähdin pitkän harkinnan jälkeen tänne töihin ja sitten tulit sinä," Emilia katsoi Sebastiania silmiin, "sinä sait minut heräämään eloon ja tuntemaan taas jotain vuoden tuskan jälkeen, mutta kun kävin kotona Villen luona, niin kaikki tapahtunut tuntui väärältä kanssasi ja suutelin Demiriä vain saadakseni sinut vihaiseksi itselleni, ettei minun tarvitsisi selittää tätä kaikkea sinulle."

"Olet aivan hölmö, jos luulet, etten olisi ymmärtänyt sinun tilannettasi tai ajatuksiasi asiasta," Sebastian painoi Emilian pään rintaansa vasten.

Niin minä olenkin aivan hölmö ja sekaisin kaikesta.

"Minun vaimoni petti minua aikoinaan ja olin niin rakastunut, että annoin hänen tehdä sitä, vaikka tiesin hänen pettävän. Hän lähti toisen miehen

114

matkaan lopulta odottaen lasta, josta en vieläkään ole varma onko se minun vai sen toisen miehen. Jotenkin suutuin niin paljon siitä pettämisestä, että menetin kokonaan haluni rakastaa ketään ja aloin kohdella kaikkia naisia huonosti. Mutta en sinua Emilia," Sebastian sanoi.

Se selittää miksi sinä olet käyttäytynyt, kuten olet. Halusit suojella itseäsi ja sitten minä loukkasin sinua.

Emilia nosti katseensa Sebastianiin ja tunsi kuinka, Sebastianin lämmin käsi nousi hänen niskansa taakse.

"Sinussa oli jotain erilaista," Sebastian sanoi, "huomasin sinut jo siellä ensimmäisessä tapaamisessa hotellilla ja kun tanssit kanssani illalla, tiesin rakastuvani sinuun."

"En minäkään ymmärtänyt miksi en voinut vastustaa sinun huuliasi, kun suutelit minua, ja kun olit lähelläni, tuntui kuin henkeni salpaantuisi, enkä tiennyt sen olevan rakkautta," Emilia sanoi ja antoi Sebastianin kuljettaa kasvonsa omiensa lähelle.

"Uskon, että kaikella on tarkoituksensa," Sebastian sanoi ja tuli vieläkin lähemmäs, "pakkohan tälläkin kaikella on olla jokin merkitys, eikö?"

Suutele minua!

Emilia nyökkäsi ja Sebastianin huulet painautuivat hänen huulilleen ja toivat juuri sellaista lohtua, kun hän nyt tarvitsi. Rakkauden tunne lävisti hänen vartalonsa ja hän tiesi olevansa oikeassa paikassa oikean ihmisen kanssa.

6. Mustasukkaisuutta

Toukokuussa Emilia joutui suorittavaan työhön. Kaikki yönsä hän nukkui Sebastianin kainalossa ja jokainen päivä tuntui saavan Suomen katoamaan vähän kauemmas menneisyyteen. Sebastian osoittautui aivan toisenlaiseksi kuin Emilia oli alun alkaen luullut ja mies kuului nyt hänelle. Olihan hän jo aiemmin huomannut, että Sebastian osasi halutessaan olla ystävällinen ja mukava, minkä vuoksi oli lopulta päätynytkin miehen sänkyyn, mutta nyt miehestä löytyi täysin uusia puolia huomaavaisuuden osalta. Tuntui kuin osa siitä miehestä olisi kadonnut kokonaan, jonka Emilia tapasi Suomessa ensitapaamisessa. Ylimielisyys oli kadonnut ja Sebastian käyttäytyi huomattavasti asiallisemmin kaikkia kohtaan.

Emilia ja Sebastian eivät halunneet tuoda suhdettaan esille, mutta oli selvää, että muutamille lähimmille ystäville oli tilanteesta kerrottava. Kaikki olivat osanneet jollain tapaa ennakoitua tilanteeseen ja ystäviensä seurassa heidän ei tarvinnut peitellä tunteitaan. Emilia tunsi itsensä

117

uudelleen eloon heränneeksi ja ei ollut kuvitellut voivansa Villen jälkeen tuntea ketään muuta kohtaan näin kuin tunsi nyt Sebastiania kohtaan.

Sebastian oli lähtenyt lennolle päiväksi ja Emilia vietti vapaapäiväänsä altaan reunalla tablettiaan selaten. Hän päätti ensimmäisen kerran yli vuoteen viimeinkin käydä katsomassa facebookprofiilinsa, vaikka tiesi sen olevan täynnä surunvalitteluja Villen vuoksi. Hän oli ollut vuoden niin syrjäytynyt kaikesta, ettei ollut pitänyt yhteyttä kehenkään edes sosiaalisen median kautta, vaikka oli ollut sen intohimoinen käyttäjä vielä Villen ollessa kotona. Hän kirjautui profiiliinsa sisälle ja katsoi viimeisten kommenttien tulleen 1,5 vuotta sitten joulukuussa, jossa joku kyseli hänen vointiaan. Muutama yksityisviesti oli tullut hänen ystäviltään, mutta hän ei ollut lukenut niitäkään, tosin nekin koskivat kaikki kyselyä hänen tai Villen voinnista. Miten hän oli voinut unohtaa kaikki muut ihmiset ympäriltään? Eikö hänen olisi ollut helpompaa surra, kun olisi ollut joku, jonka kanssa hän olisi jakanut pahan olonsa? Miten hän oli ylipäänsä selvinnyt tähän asti sen jälkeen, kun Ville joutui sairaalaan? Turkissa hän oli alkanut saada oman iloisen ja sosiaalisen luonteensa takaisin ja halusi muutosta tilanteeseen, myös Suomalaisten ystäviensä osalta – mikäli hänellä vielä olisi ystäviä siellä.

Emilia otti itsestään poseerauskuvan altaan reunalla ja lähetti sen profiiliinsa uudeksi kuvaksi ja lisäsi kuvatekstiksi "Anteeksi, etten ole pitänyt yhteyttä kehenkään, mutta minä olen tullut takaisin!" Hän jatkoi selaamista ja katseli mitä ihmisille oli tapahtunut. Hänen toinen kaasonsa oli saanut tytön. Kyllähän hän tiesi Irinan olleen raskaana, mutta ei hänellä ollut käynyt mielessäkään kysyä kumpi tuli, saatika onnitella tätä! Emilia korjasi nyt tilanteen ja laittoi Irinalle viestiä asiasta ja pahoitteli vielä tällekin itsekkyyttään ja syrjäytymistään. Emilia odotti jännittyneenä, kun Irinan kohdalla näkyi, että tämä kirjoittaa viestiä. Emilian profiilikuvaan alkoi tippua tykkäämisiä ja tuli muutama kommenttikin siitä, kuinka joku oli ikävöinyt tätä. Emilia palasi muiden sivuilta omilleen ja selasi sitä alaspäin, vaikka tiesi sen varmasti olevan tuskaista. Villen onnettomuus oli tuonut valtavan viestitulvan hänen sivuilleen ja kaiken sen alla oli hänen oma tuskainen vuodatuksensa keskenmenosta. Sivun laidalla näkyi koko ajan rykelmä kuvia Villen ja hänen häistään, mutta niitä Emilia ei halunnut nyt selata läpi. Hänen olonsa oli nyt niin hyvä, ettei hän halunnut kokea tuskaa Villen kuvia katselemalla. Hän etsi kaikki työkaverinsa ja lähetti heille kaveripyynnöt, myös Sebastianille, sillä hän halusi Sebastianin näkevän tiedot menneisyydestään, jotta tämä tietäisi millaista Emilian elämä oli ennen ollut.

Irina vastasi lopulta Emilialle viestillä, jossa sanoi olevansa loukkaantunut Emilian käytöksestä, mutta myös ymmärtävänsä Emiliaa tilanteen vuoksi. He viestittelivät hetken aikaa ja lopulta Irinan täytyi lähteä töihin, mutta he sopivat näkevänsä viimeistään, kun Emilia palaisi Suomeen juhannuksen jälkeen.

"Sebastian, avaa ovi," kuului oven takaa ja Emilia tönäisi Sebastiania unisena, jotta tämä heräisi koputukseen.

"Onko se äitisi," Emilia kysyi hölmistyneeltä Sebastianilta ja tämä nyökkäsi unisena.

No nyt ei tarvitse enää salailla tätä seurustelua sinun vanhemmiltasi, kun jäämme itseteosta kiinni.

"Avaa ovi nyt! Haluan jutella kanssasi," Maria huusi oven takaa ja koputti uudelleen.

Sebastian kömpi avaamaan oven ja hänen äitinsä tuli sisälle sen enempää lupaa kysymättä.

"Malmstenit tulevat tänään tänne ja haluan, että olet paikalla illallisella. Agnes on myös mukana ja voisit pyytää hänet ulos kanssasi, tiedän että teistä tulisi loistava pari," Maria sanoi ja nyt vasta huomasi Emilian, mutta ei ollut mitenkään innostuneen näköinen hänen läsnäolostaan.

Emilia ymmärsi Ruotsia sen verran, että tiesi Marian ehdottaneen Sebastianille treffejä jonkun naisen kanssa ja hän tunsi ärtymyksen punan nousevan kasvoilleen. Hän tervehti Mariaa unisena ja nousi istumaan.

"Ai, oletkin löytänyt taas seuraa itsellesi," Maria sanoi siristäen silmiään, "sinun olisi kyllä aika jo vakiintua, eikä raahata jatkuvasti työntekijöitämme vuoteesi lämmittäjiksi."

Anteeksi, miksi sinä kutsuit minua?

Emilia jäi tuijottamaan Mariaa. Oliko Marialla mitään ajatusta siitä, että Emilia ihan todella ymmärsi mitä tämä sanoi.

"Ei hän ole mikään vuoteen lämmittäjä," Sebastian sanoi ja huokaisi vieläkin unisena, "kyllä hän on paljon enemmän kuin vuoteen lämmittäjä. Pidän hänestä ihan todella."

Hyvä rakas, pidä puoliani.

"Ja Agnes pitää sinusta. Hän olisi todella mallikelpoinen ja edustava nainen sinulle," Maria sanoi ja pudisti päätään, "et sinä tuollaista tavallista työläistä voi ottaa. Sinun pitää ajatella myös asemaasi tulevaisuudessa, kun perit meidän omaisuuden."

Ensin olen vuoteenlämmittäjä ja nyt työläinen. Lupaavasti alkaa suhteeni uuden anoppini kanssa.

Emilia ei saanut hämmennystään pyyhittyä kasvoiltaan. Oliko Maria todella sanonut, ettei Emilia olisi sopiva nainen Sebastianille?

"Äiti, ole hyvä ja poistu huoneestani," Sebastian sanoi ja ohjasi äitinsä ovelle.

"Menen, jos lupaat saapua illalliselle," Maria sanoi vakavana.

"Lupaan," Sebastian sanoi ja huokaisi taas, "jutellaan illalla lisää."

En voi uskoa, että menet sinne kaiken tuon jälkeen mitä äitisi sanoi.

Sebastian ja Maria antoivat toisilleen poskisuudelmat ja Maria poistui huoneesta. Emilia katsoi Sebastiania valtavan hämmennyksen pidellessä häntä otteessaan.

"Vuoteen lämmittäjä? Tavallinen työläinen," Emilia kysyi Sebastianilta kysyvästi ja pudisti päätään.

"Ei hänestä kannata välittää," Sebastian sanoi ja tuli Emilian viereen vuoteelle, "hän ei taida hyväksyä ketään naista elämääni minun ja Stellan eron jälkeen."

Miten hän voi tuomita minut, vaikka ei edes tunne minua?

"Yleensä minä tulen hyvin toimeen anoppieni kanssa, mutta nyt hän tuomitsi minut jo ennen kuin edes tuntee minua," Emilia sanoi ja hän ärsyyntyi entisestään, kun muisti vielä myyntipuheen toisesta naisesta, "ja kuka on Agnes?"

"Hän on perhetuttaviemme tytär. Olen tuntenut hänet lapsuudesta saakka," Sebastian sanoi ja katsoi Emiliaa silmiin, "mutta vaikka äiti on kaupannut häntä minulle jo vuosien ajan, niin en minä hänestä pidä. Toki Agnes on mukava ja säädyllisesti olisi edustava nainen."

"Säädyllisesti edustava," Emilia kysyi pilkallisesti, "eli ei tällainen työläinen."

"En minä sitä tarkoittanut. Me olemme aatelissukua ja äiti haluaisi, että menisin naimisiin myös jonkun aatelisen kanssa. Hän on hieman vanhanaikainen," Sebastian sanoi, eikä asia tuntunut olevan hänelle mitenkään iso asia, mutta Emilialle se oli.

"Oliko vaimosi sitten aatelissukua," Emilia kysyi ja mutristi suutaan.

"Oli," Sebastian vastasi lyhyesti.

No tietysti oli. Minä olen vain tällainen tavallinen nainen, en mikään aatelinen, tai hienostoihminen.

"Ja sinun on nyt mentävä tapaamaan se Agnes illalla," Emilia kysyi ja hänen äänestään varmasti kuului, miten mustasukkainen hän oli siitä ajatuksesta.

Sebastian nyökkäsi huvittuneena, "Malmstenit ovat perhetuttuja ja haluan toki tavata heidät kaikki, jopa Agnesin. Hän on ystäväni."

Vai ystävä? Pelkkä ystävä? Miksi en voi uskoa sitä, vaikka luulen sinun puhuvan totta.

"Hyvä on. Mene sinä heidän kanssaan," Emilia nousi ylös ja alkoi pukeutua katkerana, "tämä vuoteenlämmittäjä lähtee suihkuun."

"Emilia odota nyt vähän," Sebastian nousi ylös vuoteelta, "et kai sinä ole Agnesista mustasukkainen?"

"Olen niin, että kiukuttaa," Emilia tiuskaisi.

"Uskomatonta! Sinähän tässä olet se, joka on naimisissa ja sitten sinä oletkin se, joka on mustasukkainen naisesta, joka on lapsuudenystäväni," Sebastian sanoi vakavana, "aika koomista."

Miten kehtaat mainita minun avioliittoni tähän väliin? Sinä tiesit, että olen naimisissa ja silti halusit minut.

Emilia katsoi hetken Sebastianiin ja lähti ulos Sebastianin huoneesta, sillä hän kiehui raivosta. Olisihan se pitänyt tietää, että hänen avioliittonsa vedettäisiin esiin jossain vaiheessa. Sebastian voisi hänen puolestaan, vaikka mennä naimisiin Agnesinsa kanssa.

Emilia työskenteli hotellin aulassa vastaanotossa sen päivän ja yritti unohtaa aamuisen kohtauksen Sebastianin kanssa. Iltapäivällä Sebastianin vanhemmat odottelivat aulassa vieraitaan, eikä Maria luonut Emiliaan yhtään ystävällistä katsetta. Maria oli selvästi ylpeä nainen ja tuskin koskaan hyväksyisi Emiliaa Sebastianin puolisoksi. Mitä Emilia oli edes kuvitellut, kun oli ryhtynyt suhteeseen Sebastianin kanssa? Että he perustaisivat perheen ja eläisivät onnellisina elämänsä loppuun asti? Emilian täytyi olla aivan sekaisin, sillä he tulivat niin erilaisista maailmoista, että tuskin heidän suhteensa toimisi edes pitemmän päälle. Sebastian tuli rikkaasta perheestä ja oli tottunut saamaan kaiken, kun Emilia taas oli joutunut tekemään aina töitä saavutustensa eteen. Ehkä hän todella oli vain vuoteen lämmittäjä Sebastianille? Emilia tunsi itsensä typeräksi. Hänen aviomiehensä oli Suomessa ja hän kuvitteli elävänsä jonkun muun luksuselämää Turkissa, eikä sitä riemua kestäisi enää kuin puoli vuotta.

Sebastiankin saapui aulaan vanhempiensa luokse ja Emiliasta tuntui, että hän pyörtyisi aivan kohta. Ja kun Malmstenit selvästi saapuivat ovista aulaan ja kun Emilia näki Agnesin, oli hän valmis juoksemaan karkuun. Hän halusi kotiin Suomeen. Agnes oli pitkä ja upea ilmestys, jonka hymy oli valkoinen ja kaunis. Sebastian halasi tätä ja he vaihtoivat poskisuudelmat. Eikä pahinta ollut edes se, että Emilia katsoi tapahtuman vierestä, vaan se, että he kaikki tulivat vastaanotolle hakemaan avaimet huoneisiinsa Emilialta. Sebastian ei esitellyt häntä, eikä hän antanut Emilialle hymyilevää katsetta, jonka Sebastian usein oli antanut päivien aikana Emilian ohi kulkiessaan. Sebastian oli nyt virallinen ja Emilia sinnitteli ollakseen takaisin välinpitämätön ja yhtä virallinen, olihan hän sentään töissä nyt hotellin vastaanotossa.

Emilia ryntäsi vessaan ja yritti pidätellä itkuaan. Miksi hän oli niin typerä, että oli lopulta hypännyt kuitenkin Sebastianin vuoteen lämmittäjäksi ja miksi hän oli näin mustasukkainen? Hän ei koskaan ollut kokenut tällaista aiemmin. Johtuiko tämä siitä, että hän pelkäsi näin kovaa menettävänsä Villen lisäksi Sebastianinkin? Hän nojasi lavuaariin hetken aikaa ja hengitteli syvään. Hän ei itkisi, ei nyt kun oli työvuorossa. Hän siisti kasvonsa ja palasi työnsä äärelle.

Demir toi oluet kaikille ja istuutui Emilian viereen. Greta nappasi ensimmäisenä oluen ja ojensi yhden Damlanille. Emilia istui hiljaa, mutta otti myös oluen, joka hänelle oli kannettu eteen.

En kestä ajatusta Sebastianista ja siitä naisesta.

"Mitä sinä oikeastaan välität Sebastianin äidistä. Hän on aina ollut mielestäni hieman liian muodollinen puhuessaan meille," Greta kysyi lopulta Emilialta hetken hiljaisuuden jälkeen, "kyllähän Sebastianista näkee, että hän on hulluna sinuun!"

Riittäkö se silti lopulta?

"Mutta onko tässä mitään järkeä," Emilia kysyi huokaisten, "Sebastian oli aivan oikeassa, että minä olen kuitenkin edelleen naimisissa ja en kestä itseäni, jos olen näin mustasukkainen jokaisesta naisesta, kenen kanssa hän menee illalliselle."

"Ei Sebastian ole koskaan puhunut koko Agnesista mitään ainakaan minulle," Demir sanoi, "enkä ymmärrä miksi et mene puhumaan Sebastianille, jos asia vaivaa sinua noin paljon."

"Sebastian on vieläkin illallisella Agnesin perheen kanssa ja toisekseen niin kauan, kun olen tämän mustasukkaisuusraivon vallassa, en mene sanomaan sanaakaan kenellekään."

"Voi olla, että joudut puhumaan Sebastianin kanssa, sillä hän ja Agnes kävelevät juuri tännepäin," Damlan sanoi ja tilanne vaikutti huvittavan häntä.

128

Demir nousi ylös tuolistaan ja hän tervehti Sebastiania heidän omalla puolihalauksellaan. Demir nosti tuolin Agnesille ja näytti että tämä voisi istua siihen. Emilia tervehti väkinäinen hymy huulillaan Agnesia ja vilkaisi sitten Sebastianiin, jonka kasvoille oli palannut hymy.

"Tässä on lapsuuden ystäväni Agnes ja Agnes, tässä on ystäviäni täältä hotellilta. Demir, Damlan, Greta, Hasad, Ismet ja tämä on Emilia," Sebastian tuli seisomaan Emilian taakse ja laski kätensä hänen hartioillensa.

"Aa, sinä olet se, kuka on vienyt Sebastianin sydämen," Agnes sanoi innoissaan, "olen kovasti odottanut tapaamistasi."

"Tässä minä olen," Emilia virnisti ja ei tiennyt miten hänen olisi pitänyt suhtautua tilanteeseen. Sebastian otti tuolin ja muut raivasivat tilaa, jotta hän pääsi Emilian viereen istumaan.

"Minä voinkin kertoa kaikkea hauskaa sinulle, mitä Sebastian on tehnyt pienenä. Hän oli oikein ilkikurinen lapsi," Agnes naurahti, "tiedät sitten, minkälaisen miehen kanssa olet tekemisissä."

"Haluan oikein mielelläni kuulla kaiken hänestä," Emilia sanoi ja yritti olla ystävällinen, mutta

Agnesin kanssa keskustelu ei tuntunut miellyttävältä.

Haluaisin vain kadota tästä tilanteesta.

"Kunhan muistat, että en ole enää pikkupoika," Sebastian sanoi hymyillen ja tarttui Emiliaa kädestä, "mutta voin minä silti vielä tehdä kepposia."

"Hmm, Sebastian saatat saada minusta kilpailijan," Agnes siristi hymyillen silmiään, "hän on oikein kaunis nainen."

Anteeksi kuinka?

"Tähän naiseen sinä et Agnes koske," Sebastian sanoi huvittuneena ja potkaisi leikillään Agnesia pöydän alta.

Emilia seurasi keskustelua silmät suurina.

"Jos sinä Emilia satut olemaan naisiin päin menevä, niin sano minulle, niin tiedän olla se nainen, joka sinut ensimmäisenä iskee täältä," Agnes sipaisi Emilian hiuksia hymyillen.

Hyvä on, tätä minä en osannut odottaa.

"En vielä ole löytänyt sellaista piirrettä itsestäni," Emilia sanoi ja hymyili nyt oikeasti ystävällisesti Agnesille. Oliko Agnes naisiin päin menevä?

"Harmi," Agnes sanoi ja sytytti savukkeen, "Sebastian voi sitten pitää sinut, mutta pidä huolta, että hän kohtelee sinua hyvin."

"Kyllä hän kohtelee," Emilia sanoi ja katsoi Sebastiania, joka nikkasi silmää Emilialle.

"En minä vieläkään luvannut vanhemmillemme viedä Agnesia vihille," Sebastian naurahti, "olen edelleen sinun Emilia."

Luojan kiitos siitä. Koko päivän olen vain miettinyt miksi olen kanssasi ja nyt tunnen itseni typeräksi sen vuoksi. Tosin olisit voinut sanoa, että Agnes on lesbo, niin en olisi alun alkaenkaan suuttunut.

"Olemme kyllä leikillämme joskus sanoneet, että pitäisi mennä naimisiin, niin vanhempamme jättäisivät meidät rauhaan, mutta sinä tulit nyt tielle avioaikeissamme," Agnes sanoi nauraen ja tarttui myös Emilian käteen, "mutta kuten sanoin, niin alan mielelläni kilpailijaksi Sebastianille, kun on kyse sinusta."

"Niin, voisin ottaa teidät molemmat," Emilia sanoi leikillään ja katsoi molempia vuorotellen, "voisin olla teidän rakastaja, kun olette naimisissa."

"Ehkä minä kuitenkin jätän tuon Sebastianin sinulle," Agnes sanoi ja poltti savukettaan, "on hauskempaa katsoa, kuinka äiti repii hiuksia päästään, kun en ole vieläkään löytänyt miestä itselleni."

"Hänkö ei tiedä, että sinä olet," Emilia keskeytti lauseen. Saiko sellaista kysyä ääneen?

"Olen lesbo vai," Agnes naurahti, "ei hän tiedä, tai ei halua tietää. En minä ole koskaan vienyt miehiä kotiin, mutta naisia senkin edestä. Luulkoon mitä luulee, mutta minä olen sata prosenttisesti naista haluava, joten antaa hänen repiä loputkin hiuksensa päästä."

Lopulta Agnes olikin osoittautunut mukavaksi ihmiseksi ja Emilia oli helpottunut uutisista Agnesin sukupuolisesta suuntautumisesta. Mutta mitä sitten tapahtuisi, kun Sebastian tapaisi seuraavan naispuolisen ystävän? Emilia ei halunnut kokea vastaavaa mustasukkaisuutta enää toista kertaa.

Illalla Sebastian ja Emilia suuntasivat jälleen Sebastianin huoneeseen ja Emilia tunsi itsensä hölmöksi päivän aikana käytyjen ajatustensa suhteen. He riisuutuivat ja menivät peiton alle.

"Olen sinulle anteeksi pyynnön velkaa," Sebastian sanoi ja siveli hänen olkapäätänsä kädellään.

"Mistä," Emilia kysyi hämmentyneenä.

"Siitä, että sanoin sinun olevan naimisissa ja että hölmöä että sinä olet mustasukkainen," Sebastian sanoi vakavana, "sillä minä se tässä olen mustasukkainen sinusta."

Et usko miten hyvältä tuon kuuleminen tuntuu.

"Miksi ihmeessä," Emilia kysyi ja siirtyi lähemmäs Sebastiania, "eihän sinulla ole mitään syytä olla."

"Jos miehesi heräisi, niin mitä sinä tekisit," Sebastian kysyi huolestuneena.

En halua ajatella sitä.

"En minä tiedä," Emilia sanoi surullisena, "mutta ei hän herää Sebastian."

"Sinä olet kuitenkin hänen vielä," Sebastian sanoi huokaisten ja meni selälleen makaamaan.

"Totta kai hän on osa minua, mutta nyt minä olen sinun," Emilia sanoi ja hivuttautui Sebastianin kylkeen kiinni, "miksi sinä nyt yhtäkkiä aloit ajatella näin?"

"Näin teidän hääkuvanne facebookissa," Sebastian sanoi, "tunsin kamalaa vihaa miestäsi kohtaan, kun näin ne. Sinä olit niin onnellisen näköinen hänen kanssaan."

"Niin minä olinkin," Emilia sanoi ja nousi istumaan, "mutta hän ei ole tässä kanssani. Jätin kaikki ystävänikin suruni vuoksi ja nyt olen saanut elämästä taas kiinni. Kaipaan ystäviäni Suomessa ja en halua antaa surulle enää valtaa. Haluan olla taas oma itseni ja olen sellainen, kun olen kanssasi."

"Haluan uskoa sinua, mutta en voi pelolleni mitään. Pelkään, että jollain tapaa olet vielä miehesi ja hän vie sinut minulta," Sebastian sanoi ja kosketti Emilian selkää, "haluaisin katsoa sinun kanssasi yhdessä ne sinun facebookkuvasi, jos vaan sopii."

Kyllä minä ne kanssasi voin katsoa, mutta niiden katselu ei varmasti tunnu yhtään paremmalta minusta kuin sinustakaan.

Emilia katsoi hetken Sebastiania ihmeissään, mutta nosti tabletin yöpöydältä ja kirjautui facebookiin. Hän näytti kaikki kuvansa Sebastianille ja kertoi niistä. Hän näytti tärkeimmät ystävänsä ja lopulta he selasivat Sebastianin profiilin läpi ja Sebastian kertoi ihmisistä omissa kuvissaan. Molempien huoli hävisi ainakin toistaiseksi menneisyyden tullessa tutummaksi.

Juhannusviikonlopun perjantaina Emilia nukkui pitkään. Sebastian oli lähtenyt illalla lennolle ja palaisi pian hotellille, joten Emilia oli päättänyt nukkua kerrankin pitkään, nyt kun työvuorokin alkaisi vasta puolen päivän jälkeen. Maanantaina hän lentäisi kotiin Suomeen pariksi viikoksi ja siellä ei juurikaan tarvitsisi levätä, sillä hän oli päättänyt kiertää kaikki ystävänsä ja sukulaisensa läpi ja kertoa kuinka pahoillaan oli viimevuoden syrjäytymisestään, vaikka kaikki olivat yrittäneet auttaa häntä.

"Huomenta Emilia," Sebastian kuiskasi Emilian kovaan ja suuteli tämän poskea.

"Huomenta," Emilia sanoi unisena.

"Minulla on sinulle yllätys," Sebastian sanoi salaperäisesti ja virnisti.

"Mikä yllätys," Emilia kysyi uteliaana ja hieroi silmiään, jotta pääsisi hereille.

"Et mene enää tänä viikonloppuna töihin," Sebastian sanoi, "olen järjestänyt sinulle hieman muuta tekemistä."

"Mitä tekemistä," Emilia nousi ylös ja venytteli.

"En kerro," Sebastian virnisti taas, "nyt sinun täytyy pukeutua bikineihin, ottaa pyyhe mukaan ja laittaa aurinkorasvaa."

Mitä sinä olet mennyt keksimään?

"Mutta miten sinä järjestit työni," Emilia kysyi hämmentyneenä, "ei Lasse kyllä yleensä anna vapaata."

"Mutta nyt antoi," Sebastian sanoi ja haki kaapista Emilian valkoiset bikinit, "laita nämä niin voin katsella sinua aina kun kuljen ohi. Olet kuuma näissä."

"Minä tarvitsen jotain aamupalaa," Emilia sanoi ja nousi seisomaan, vieläkin unisena, mutta puki Sebastianin tuomat bikinit ylleen ja veti päälle vielä hihattoman keltaisen hellemekon.

"Tästä pyyhe vielä ja huivi, ettet saa auringonpistosta," Sebastian pakkasi kiireessä Emilian tavaroita kasaan, "mennään, sinua odotetaan. Saat pian aamiaista."

Emilia käveli kiltisti Sebastianin perässä hissiin, aulaan ja lopulta ulos helteeseen. Ulkona oli tuskastuttavan kuuma verraten ilmastoituun sisätilaan. He kävelivät merenrantaa kohden, eikä Sebastian suostunut Emilian pyynnöistä huolimatta kertomaan mitä oli tapahtumassa. Sebastian vei hänet yksityisrantaa kohden, jossa oli tehty asiakkaille vip –paikkoja, jotka olivat valkoisin verhoin verhottuja isoja ajanviettovuoteita.

"Nyt suljet silmäsi, etkä saa kurkkia," Sebastian sanoi nostaen oman kätensä Emilian silmille samalla ja Emilia sulki silmänsä palaen halusta saada tietää mitä Sebastian oli hänelle keksinyt. Sebastian kuljetti häntä hiekan keskelle rakennettua laudoitettu kävelytietä pitkin ja matka tuntui ikuisuudelta, ennen kuin Sebastian pysähtyi ja pyysi vielä pitämään silmät kiinni.

"Ennen kuin saat luvan avata silmäsi, sinä lupaat pitää nyt superhauskan viikonlopun," Sebastian sanoi, "tulen illalla mukaan hauskanpitoon. Onko ymmärretty?"

"On, on! Haluan tietää jo mitä tapahtuu," Emilia sanoi ja kuuli muutaman tyttömäisen tirskahduksen.

"Hyvä on," Sebastian sanoi, "otan nyt käteni pois."

Sebastian siirsi kätensä ja Emilia joutui hetken siristelemään silmiään kirkkaudesta, ennen kuin alkoi ymmärtää mistä oli kyse.

"Hei Emilia," kuului naisjoukon huuto ja hän tajusi, että kaikki hänen polttareissaan olleet ystävänsä istuivat yksityisalueen vip –tilassa ja tervehtivät häntä. Emilian oli pakko päästää ulos riemunhuuto ja pian he halailivat jo toisiaan.

"Miten te kaikki olette tänne päätyneet," Emilia kysyi, vaikka tiesi kyllä Sebastianilla olleen sormensa pelissä jollain tapaa.

"Sinun pitää kiittää tuon ystäväsi sinnikkyyttä tässä asiassa," Irina sanoi hymyillen, "vai mahtaako hän olla jotain muutakin kuin vain ystävä?"

Sebastian rakastan sinua niin paljon!

"Kyllä hän on paljon muutakin kuin ystävä," Emilia sanoi ja hän meni halaamaan Sebastiania, "kiitos."

"Nyt vain pidätte mukavan päivän," Sebastian sanoi, "lähetän teille viiniä ja ruokaa tänne. Liityn seuraanne sitten illalla ja pääsen tutustumaan ystäviisi."

Emilia nyökkäsi päätään ja keskittyi nyt ystäviinsä, joita nyt vasta ymmärsi kaivanneensa todella paljon, "en voi vieläkään uskoa, että olette täällä!"

"Olihan tässä järjestelemistä, mutta kun luvattiin ilmainen viikonloppu luksushotellissa sinun seuranasi, niin pakko meidän oli saada tämä järjestymään," Irina sanoi ja he istuutuivat nauttimaan auringosta.

Te kaikki tulitte minun vuokseni tänne. En ole tehnyt mitään niin hyvää ansaitakseni teidänlaisia ystäviä.

"Mistä sinä tuon miehen olet bongannut," Katri kysyi innostuneena, "hän on aivan mielettömän hyvän näköinen."

"Näkisittepä hänet ilman paitaa," Emilia sanoi naurahtaen ja sai kaikki kehumaan kilpaa Sebastianin ulkonäköä.

"Ei vaan, hän on yhden tämän hotellin omistajan poika," Emilia sanoi, "ja hotellin yksityislentäjä. Hänen lennoillaan minä olen kulkenut Suomen ja Turkin väliä."

"Mitä hän sitten merkitsee sinulle? Entä Ville," Katri kysyi ja he hiljentyivät kaikki hetkeksi aikaa.

Niin Ville. Unohdan hänet täällä toisinaan.

"Sebastian merkitsee minulle todella paljon. Minä rakastan häntä suunnattomasti," Emilia sanoi huokaisten, "mutta rakastan minä Villeäkin. Jotenkin vaan täällä toisessa maassa kaikki se unohtuu mikä minua odottaa kotona."

"Mutta pitäähän sinun jatkaa elämääsi ja kun Ville on ollut koomassa jo noin pitkään, niin et sinäkään voi loputtomasti odottaa, että hän heräisi," Irina sanoi ja konttasi Emilian taakse, "olen niin kaivannut näitä sinun pitkiä hiuksiasi."

"Ja minä olen kaivannut sinua, kun kukaan ei ole koko aikaa letittämässä niitä," Emilia sanoi nauraen ja samaan aikaan heille tuotiin valtava määrä syötävää ja juotavaa.

"Sinuna minä kyllä pitäisin tuon Sebastianin," Elina sanoi ja alkoi avata kuohuviinipulloa auki. He kaatoivat kaikkien laseihin juotavaa ja kilistivät jälleen näkemisen vuoksi.

Päivä oli ollut ihanin mitä Emilia oli vuosiin viettänyt. Miten hän ei ollut muistanut kuinka paljon voimaa ystävien läsnäolo antoi ja heillä oli paljon puhuttavaa. Sebastian saapui illalla heidän seuraansa ja entisenä naistenmiehenä onnistui hurmaamaan kaikki Emilian ystävät olemuksellaan. Emilia tunsi rakkauden lävistävän hänet moneen kertaan illan aikana, kun hän katseli miestään ja ystäviensä toimeen tuloa. Hän oli kyllä totaalisen rakastunut Sebastianiin.

Emilia päätyi ystävistään huolimatta Sebastianin vereen yöksi ja ei voinut muuta kuin tuijottaa Sebastianin kasvoja, kun tämä yritti saada unta.

"Kiitos Sebastian," Emilia sanoi hiljaa.

"Ei kestä," Sebastian sanoi unisena ja oli melkein jo saanut nukahdettua.

"Haluan, että tule Suomeen kanssani, kun menen lomalle," Emilia sanoi ja Sebastian avasi silmänsä, "jos vain saat vapaata, kun pelkään, että en pysy järjissäni siellä ja teen taas jotain typerää, kun tulen tänne takaisin."

"Kyllä minä tulen kanssasi," Sebastian sanoi ja otti Emilian kädestä kiinni ja hymyili samalla kun sulki silmänsä.

7. Suomessa

Sebastian onnistui jälleen kerran saamaan aikaan tasaisen lennon ja he saapuivat Pirkkalan lentokentälle. Sää Suomessa oli tyypillisen sateinen juhannusajan sää, mutta Suomi tuoksui taas rakkaalta kodilta. Tällä kertaa Emilia ei lähtenyt kentältä yksin kotiin, vaan ystäviensä saattamana hän astui Sebastianin kanssa Irinan ja hänen miehensä Petrin kyytiin. Petri kuljetti heidät Emilian asunnolle ja he sopivat treffit seuraavalle päivälle Irinan ja Petrin luokse, jossa he voisivat istua iltaa Suomalaiseen tyyliin.

Emilia avasi hänen ja Villen asunnon oven ja päästi sisälle uuden rakastajansa. Koti tuntui kolkolta ja pimeältä Turkin valoisan huoneen jäljiltä. Yöt olivat Suomessa valoista, mutta siitä huolimatta oli pimeää ja synkkää. Emilia laski laukkunsa lattialle ja otti Sebastiania kädestä kiinni esitellen asuntonsa Sebastianille. Sebastian kantoi laukkunsa makuuhuoneeseen ja tuijotti hetken Emilian ja Villen hääkuvaa.

"Voin ottaa sen pois, jos kuva vaivaa sinua," Emilia sanoi ja käveli Sebastianin viereen katsomaan kuvaa.

On se minustakin outoa, että sinä näet minun ja hänen kuvan täällä seinällä, kun olet kanssani.

"Ei anna sen olla siinä," Sebastian sanoi ja katsoi Emiliaa silmiin, "minun täytyy vain tottua siihen, että hän on osa sinua."

"En halua silti, että tunnet olosi epämukavaksi täällä," Emilia sanoi ja painautui Sebastiania vasten, "mutta olen kiitollinen, kun ajattelet noin."

Sebastian kietoi kätensä Emilian ympärille, "meillä molemmilla on menneisyytemme."

Tunnut niin hyvältä, että toivon sinun pysyvän lähelläni aina.

Emilia suuteli Sebastiania. Miten hän olikin voinut löytää näin ihanan miehen elämäänsä. Kotiin tulo ei ollut aikoihin tuntunut näin hyvältä. Sebastian kaatoi Emilian vuoteelle ja he rakastelivat Emilian ja Villen kodissa ensimmäistä kertaa.

Seuraavana päivänä Emilia ja Sebastian suuntasivat sairaalalle, sillä Emilia halusi, että Sebastian tapaisi Villen. He astuivat sisälle sairaalaan ja Emilia haistoi taas sairaalan tutun tuoksun. He suuntasivat Villen osastoa kohden.

Emilia seisahtui Villen huoneen ovelle ja katsoi Sebastiania, "oletko varma, että haluat tulla mukaani?"

Tämä tuntuu tavallaan oudolta, mutta silti hyvältä, että he tapaavat.

"Tulen, kun se on sinulle tärkeää," Sebastian sanoi ja tarttui Emilian käteen.

Emilia nyökkäsi ja avasi oven. He kävelivät ikkunapaikalle ja Ville makasi siinä aivan samanlaisena kuin muutamia kuukausia sitten oli maannut. Emilia irrotti otteensa Sebastianin kädestä ja suuteli Villeä otsalle tervehtien tätä samalla. Sebastian kantoi heille tuolit Villen vuoteen vierelle ja he istuutuivat alas.

"Kuinka kauna hän on ollut täällä," Sebastian kysyi.

"Puolitoista vuotta," Emilia sanoi, "en enää itsekään jaksa uskoa, että hän heräisi."

Hän on edelleen komea, vaikka tuntuu ettei hän täysin näytä enää itseltään maattuaan niin kauan koomassa.

"Onko siitä mitään toivoa," Sebastian kysyi ja laski kätensä Emilian reidelle.

"Minä olen ollut ainoa, joka siihen on uskonut tähän asti," Emilia huokaisi.

"Tähän asti," Sebastian kysyi.

"Nyt kun sinä olet siinä, niin tuntuisi väärältä, jos hän heräisi," Emilia sanoi ja laski kätensä Sebastianin kädelle, "en tietenkään toivo hänen kuolemaansa, mutta olen päässyt jo niin pitkälle rakentamaan uutta elämää, ettei se tuntuisi ketään kohtaan reilulta enää."

Onko se outoa, että en halua hänen heräävän? Tekeekö se minusta pahan ihmisen?

"Mitä lääkärit ovat sanoneet," Sebastian kysyi.

"Että hän ei herää," Emilia sanoi, "hän elää täysin koneiden varassa, mutta minä en vain ole pystynyt päästämään irti. Nyt olen kuitenkin miettinyt, että."

"Että mitä," Sebastian kysyi hiljaa.

"Että olisiko minun aika päästää hänet kuitenkin pois täältä," Emilia kuiskasi hiljaa.

"Tiedätkö, ei sinun tarvitse päättää sitä minun vuokseni," Sebastian sanoi ja nousi ylös, "en aio olla se kenen vuoksi teet päätöksen, vaan sinun on haluttava tehdä se itsesi vuoksi."

Emilia nyökkäsi.

Vaikutat väkisinkin päätökseeni, halusit tai et.

"Menen aulaan juomaan kahvia, niin saat olla rauhassa miehesi kanssa," Sebastian sanoi, hymyili ja poistui.

Emilia vain tuijotti Villen nukkuvia kasvoja. Miksi päätös tuntui niin vaikealta? Hänellä oli uusi elämä toisen miehen kanssa, mutta silti hän ei pystynyt luopumaan Villestä. Ja miksi Sebastianin piti olla niin ymmärtäväinen. Olisi helpompaa, jos hän vain sanoisi, ettei jatkaisi Emilian kanssa, jos Emilia ei irrottaisi Villeä koneista.

"Minä menen Ville nyt, mutta tulen vielä paremmalla aikaa katsomaan sinua," Emilia sanoi ja nousi ylös. Sydänmonitori hälytti hetkellisesti jotain ja sairaanhoitaja juoksi paikalle katsomaan mitä tapahtui. Emilia seisoi vieressä säikähtäneenä.

"Ei mitään hätää, hänellä on ollut lähiaikoina paljon rytmihäiriöitä," hoitaja sanoi.

"Kuinka usein," Emilia kysyi ja pelko valtasi hänen mielensä. Mitä jos Ville kuolisi ilman, että hän olisi paikalla?

"Päivittäin niitä on tullut," hoitaja sanoi, "kaikki näyttää nyt olevan kunnossa."

"Mitä ne meinaavat, siis ne rytmihäiriöt," Emilia kysyi.

"En osaa sanoa. Toisinaan ne voivat enteillä pois menoa ja toisinaan niitä vain tulee, mutta eivät välttämättä merkkaa mitään," hoitaja sanoi ja poistui huoneesta.

"Mitä minä teen sinun kanssasi," Emilia kysyi hiljaa Villeltä ja antoi tälle suudelman otsalle, "rakastan sinua."

Emilia poistui huoneesta alas Sebastianin luokse.

Illalla he menivät istumaan iltaa Irinan ja Petrin luokse. He ottivat maltillisesti viiniä ja Irina valmisti Emilian kanssa syömistä kaikille. Sebastian riehutti Irinan ja Petrin tyttöä Alisaa ihan innoissaan ja Emilia katseli vähän väliä hymy huulillaan miehen touhuamista.

"Hän vaikuttaa pitävän lapsista," Irina sanoi ja ojensi Emilialle astioita, jotta tämä voisi kattaa pöydän.

Hän on niin komea leikkiessään Alisan kanssa.

"Siltä vaikuttaa," Emilia sanoi ja asetteli lautaset pöytään.

"Oletteko koskaan puhuneet siitä," Irina kysyi, "siis lapsien saannista?"

"Emme me ole vielä niin pitkälle asioista puhuneet. Kaikki on vielä ihan auki meidän suhteessamme," Emilia sanoi ja laittoi nyt haarukat pöytään, "minähän olen edelleen naimisissa, eikä Villen äiti edes pidä minusta."

"Miten joku ei voi pitää sinusta," Irina naurahti.

"No kun minä olen vain tällainen tavallinen työläinen ja Sebastianin vuoteenlämmittäjä," Emilia sanoi ilveillen ja sai Irinan nauramaan.

Vaikka ei se oikeasti kyllä minua kovin paljoa naurata.

"Hyvin tuo mieskin tuntuu sinunkin vuoteesi lämmittävän," Irina sanoi.

"Ei ole ollut valittamista," Emilia virnisti ja vilkaisi taas Sebastiania, joka jaksoi edelleen naurattaa vuoden ikäistä Alisaa.

Ja tuo mies on niin minun omani!

"Joskus vaan tuntuu, että onko minulla oikeus tällaiseen onneen, kun Ville on koomassa," Emilia sanoi ja tuijotti eteensä.

"Nyt lopetat tuollaiset ajatukset," Irina kurtisti kulmiaan ja löi leikillään Emiliaa käsipyyhkeellä, "nautit nyt vain hetkestä ja me muut siitä, että sinut on saatu palaamaan elävien kirjoihin."

"Turkissa kaikki on vaan niin helppoa ja erilaista, mutta täällä taas olen edelleen rouva ja kaikki muistuttaa Villestä," Emilia sanoi ja istuutui alas, "tuntuu ihanalta, että kotona on taas elämää, mutta silti oli outoa rakastella siellä Sebastianin kanssa. Tuli sellainen olo kuin Ville olisi tarkkaillut meitä."

"Höpöhöpö," Irina naurahti, "vaatii vain totuttelua, että Sebastian on täällä ja pian huomaat, että hän kuuluukin kaikkeen tähän."

"Olet varmasti oikeassa," Emilia sanoi ja tunsi lämpimän tunteen kulkevan kehonsa läpi katsellessaan Sebastiania.

"Sinun pitää puhua perheenperustamisesti Sebastianin kanssa, sillä sinähän kuitenkin haluat perheen," Irina totesi kysyen samalla.

"Haluanhan minä, kyllä sinä tiedät," Emilia sanoi, "olisi moni asia toisin nyt, jos se ensimmäinen raskaus ei olisi mennyt kesken."

"Uskon, että kaikella on tarkoituksensa ja jotain tämän kaiken on pakko merkitä," Irina sanoi ja kaatoi Emilian lasiin lisää juotavaa.

"Niin, kai tämä on jotain kohtalon johdatusta, sillä ilman keskenmenoa en olisi ajanut Villeä kotoa pois, eikä hän olisi jäänyt auton alle, enkä olisi lähtenyt Turkkiin ja tavannut Sebastiania," Emilia sanoi ja hänet valtasi hetkellinen levollisuus. Oliko kaikki tarkoitettukin menemään näin?

"No niin, minähän sanoin, että kaikkeen on aina jokin syy," Irina sanoi virnistäen voitonriemuisena.

"On se silti väärin, jos ihmishenkien kaupalla johdatetaan meitä asiasta toiseen," Emilia sanoi huokaisten, mutta siltikin Irina oli oikeassa.

Lopulta Alisa oli saatu nukkumaan ja ilta jatkui aikuisten kesken. Sebastian oli kertonut entisestä vaimostaan kaikille ja keskustelu oli siirtynyt eroihin.

"Miltä se sitten tuntuu, kun joku pettää," Irina kysyi.

"Ei sitä pysty edes selittämään," Sebastian sanoi, "olet rakastanut jotakuta sokeasti ja sitten kuulet hänen rakastuneen toiseen. Se on kuin joku veisi pohjan elämältä."

"Ja se nainen oli vielä raskaana, kun lähti," Emilia totesi tuhahtaen.

"Niin oli," Sebastian sanoi hiljaa.

"Oliko lapsi sitten sinun," Petri kysyi.

"En tiedä," Sebastian sanoi.

"Miksi et vaadi isyystestiä," Irina kysyi järkyttyneenä.

"En halua tehdä sitä sille lapselle," Sebastian sanoi surullisena, "heillä on perhe ja he ovat ilmeisesti onnellisia. Olisi väärin tuhota pohja lapsen elämältä."

Tuon vuoksi minä rakastan sinua, kun laitat muiden onnen oman onnesi edelle Sebastian.

"Miksi et sitten heti silloin vaatinut sitä," Irina kysyi taas.

"Silloin olin niin vihainen kaikesta, ettei se kiinnostanut minua," Sebastian sanoi ja otti hörpyn lasistaan, "mutta nyt se harmittaa, kun tiedän haluavani lapsia."

Irina loi viekkaan katseen Emiliaan ja sai Emilin punastumaan.

"Niin kyllähän lapset tuovat sisältöä elämään, aika paljonkin," Petri sanoi, "kaikelle tulee täysin erilainen merkitys."

"Uskon," Sebastian sanoi ja käänsi katseensa Emiliaan, "pitäisikö meidän lähteä? Kello on jo aika paljon."

"Pitäisi," Emilia sanoi, "oloni on jotenkin kovin väsynyt."

Viini varmaan nousi liikaa päähän ja nyt päätäni särkee.

He hyvästelivät ja Emilia lähti Sebastianin kanssa kävelemään kotiin päin, mutta Emilia halusi lopulta tilata taksin, sillä hänen olonsa tuntui oikeasti heikolta.

He pääsivät Emilian asuntoon sisälle ja Emilia ei tarjennut riisua takkiansa.

"Sinä vaikutat kuumeiselta," Sebastian sanoi huolissaan ja toi viltin Emilialle, jotta tämä tarkenisi ottaa takkinsa pois.

"En tiedä, ainakin päätäni särkee," Emilia sanoi ja kaatui vuoteelle makaamaan, "voitko tuoda kuumemittarin? Se löytyy vessan kaapista."

Sebastian toi mittarin ja Emilialla todellakin oli kuumetta. Hän nukkui yönsä levottomasti ja huonosti. Aamullakaan olo ei ollut parantunut ja Sebastianillekin nousi lopulta kuume. Mistä ihmeestä he olivat saaneet tartunnan, kun kukaan heidän tutuistaan ei ollut sairastanut.

"En olekaan koskaan ajatellut, että lähtisin potemaan kuumetautia Suomeen," Sebastian sanoi ja makasivat vierekkäin peiton alla odottamassa, että särkylääke alkaisi vaikuttaa.

Minäkin odotin toisenlaista lomaa, mutta saan ainakin olla lähelläsi.

"En minäkään ihan tällaista lomaa odottanut," Emilia sanoi naurahtaen, "saamme ainakin kahden keskistä aikaa, kun kukaan ei halua nähdä meitä."

152

"Tehdään meille lapsi ja tartutetaan sen avulla kaikki ihmiset aina lastenpöpöillä, niin voimme kostaa tämän tuskan," Sebastian sanoi ja nauroi perään.

Voimme ainakin harjoitella sitä lapsen tekoa!

"Tehdään ainakin neljä lasta, että saamme tartutettua koko kaupungin kerrallaan," Emilia sanoi ja hiljentyi hetkeksi, "Sebastian, mitä sitten tapahtuu, kun minä palaan Suomeen?"

"En tiedä," Sebastian sanoi, "ehkäpä jäisit Turkkiin luokseni?"

Turkkiin asumaan? En minä kykene siihen, kun nytkin ikävöin Suomea koko ajan.

"En minä halua sinne jäädä, kun elämäni on täällä," Emilia sanoi huokaisten, mutta lisäsi perään, "tai no olethan sinä siellä."

"Haluat siis palata tänne marraskuussa," Sebastian kysyi hiljaa.

"Haluan," Emilia sanoi vetäen peittoa paremmin päällensä, "en ole koskaan halunnut muuttaa pois Suomesta. On eri asia olla töissä Turkissa väliaikaisesti, mutta ajatus siitä, että asuisin siellä loppuelämäni."

En kestä sitä, jos haluat jäädä Turkkiin ja en saa viettää jokaista yötä kanssasi.

"Niin eihän se olisi ihanteellisin paikka kasvattaa lapsia," Sebastian sanoi ja Emilia katsoi Sebastianin ruskeisiin silmiin hämmentyneenä.

Kasvattaa lapsia? Nytkö me puhumme jo lapsien kasvatuksesta?

"Ei olisikaan," Emilia sanoi, "minä haluan perheelleni vakaan ja pysyvän ympäristön, eikä minun lasteni tarvitse asua monessa eri paikassa lapsuutensa aikana."

"Kyllä reissuelämäkin tarjoaa hyvän kasvuympäristön, kuten minä olen saanut," Sebastian sanoi hymyillen, "mutta minä en ole koskaan kotiutunut minnekään kunnolla, joten minulle olisi aivan sama missä minä asuisin, jos minulla olisi perhe."

Sinäkö olisit valmis muuttamaan tänne?

"Jos meillä olisi perhe, niin asuisitko sitten täällä Suomessa," Emilia kysyi ja keskustelu sai perhoset lentelemään hänen vatsassaan.

"Voisin hyvin asua täällä ja täältä minun olisi helppo tehdä lentäjän työtäni. Vanhempieni luokse Turkkiin olisi lyhyt lentomatka, samaten Ruotsiin isovanhempieni ja sukulaisteni luokse," Sebastian sanoi, "jos meillä siis olisi perhe."

Kyllä minä enemmän kuin mielelläni olisin sinun lastesi äiti.

"Sitten meidän pitäisi perustaa perhe jonakin päivänä," Emilia sanoi, "sitten ei tarvitsisi miettiä missä me asumme."

"Tai sitten," Sebastian suuteli Emilian kuumeisia huulia omillaan, "meidän pitäisi perustaa perhe heti."

Olet hullu Sebastian!

"Sinä olet ihan kuumehuuruissasi," Emilia naurahti, mutta ajatus kiihotti häntä.

"En niin paljoa, ettenkö tietäisi mitä olen tekemässä," Sebastian sanoi ja suuteli nyt kiihkeämmin Emiliaa, "mitä me odotamme? Tiedämme molemmat, että mikään ei ole varmaa, eikä kukaan tiedä mitä huominen tuo mukanaan."

"Olet oikeassa," Emilia sanoi ja himoitsi Sebastianin kuumeista vartaloa lähelleen, "tehdään meille oma vauva."

Minäkin taidan olla vähän hullu!

He rakastelivat ensimmäistä kertaa ilman ehkäisyä.

8. Ville

"Katso sinä se," Emilia sanoi ja antoi testin jännittyneenä Sebastianille, "minä en uskalla."

En muista, että olisin aikanaan Villen kanssa jännittänyt tätä tilannetta näin paljon.

"Oli se mitä oli, niin sen mukaan sitten toimitaan," Sebastian sanoi tuijottaen Emiliaa silmiin ja käänsi testin oikein päin, "kaksi viivaa."

Herranjumala!

"Se on," Emilia nosti kädet suulleen jännittyneenä, "se on postiviininen!"

"Meille tulee vauva," Sebastian sanoi hiljaa tuijottaen testi puikkoa.

En usko tätä todeksi, sillä eihän tässä ole mitään järkeä, että kaikki tapahtuu näin nopeasti.

"Se oli nopeaa," Emilia sanoi ja hänen kasvoilleen piirtyi jännittynyt hymy.

"Hitto vieköön, pitää sitten alkaa valmistella muuttoa Suomeen," Sebastian sanoi ja kaappasi Emilain syleilyynsä huutaen iloisena, "meille tulee vauva!"

He riemuitsivat asiasta hetken aikaa, kunnes istuutuivat vuoteen reunalle edelleen tuijottamaan testiä.

"Lapsen on pakko olla aivan kuumeinen, kun syntyy, sillä hedelmöityajankohdan mukaanhan hän on täynnä kuumepöpöjä," Emilia nauroi ja kaatui vuoteelle nostaen kätensä päänsä taakse, "en uskonut, että minä tulisin raskaaksi näin pian, kun Villenkin kanssa meni puoli vuotta siihen."

"Kadutko asiaa," Sebastian kysyi huolestuneena.

"En! En ikimaailmassa," Emilia sanoi huudahtaen, "tämän oli selvästi tarkoitus tullakin nyt, kun se sai alkunsa niin helpolla."

Kyllä minä vielä tämän uskon ja osaan riemuita, kunhan järkytys menee ohi.

"Mieleni tekisi mieli kertoa kaikille tästä," Sebastian sanoi ja kaatui selälleen Emilian viereen.

"Älä kerro," Emilia kääntyi Sebastianiin päin vakavana, "viimeksi kerroin kaikille saavani lapsen ja kun se meni kesken, oli inhottavaa selittää kaikille, ettei vauvaa tulekaan."

Enkä minä ole valmis kertomaan kaikille tästä vielä muutenkaan. Olen jo tottunut ajatukseen sinusta Sebastian, mutta ajatus vauvasta on vielä kovin pelottava, vaikka yhdessä tätä halusimmekin.

"Pelkäätkö sitten, että tämä menisi kesken," Sebastian kysyi.

"En," Emilia huokaisi, "tiedän sen olleen huonoa onnea vain. Mutta haluan silti olla varovaisempi nyt."

"Ei huolta, olen hiljaa siihen asti, kunnes annat luvan puhua siitä," Sebastian sanoi ja hivuttautui Emiliaan kiinni.

Kiitos, että olet niin ymmärtäväinen kaiken suhteen. Pelkään toisinaan vaativani liikoja sinulta.

"Minä haluan neuvolakäynnit sitten Suomessa, jotta saan kaikki edut, mitä minulle kuuluu," Emilia sanoi, "järjestelen niitä, kunhan selviän tästä alkuhämmennyksestä ensin."

"Haluan olla mukana kaikessa mitä tapahtuu," Sebastian sanoi, antoi Emilialle suudelman ja nousi ylös, "ei kai auta muu kuin mennä töihin kaikesta huolimatta."

Emilia ei ollut huonovointinen, kuten ei viimeksikään ja Sebastian lennätti hänet käymään neuvolakäynneille Suomeen. Muutaman kuukauden päästä Emilian työkomennus loppuisi ja he muuttaisivat kokonaan Suomeen asumaan. Niskaturvotusultrassa kaikki oli kuten pitää ja nyt kun Emilia oli lähdössä kotilomalle, olisi hänen aikansa hiljalleen kertoa uutisista muille. Hän ei ollut puhunut edes Gretalle tai Damlanille raskaudestaan ja nyt kun viikkojakin oli jo reilu 13, niin vatsan seutua ei kovin pitkään enää voisi pitää salassa, mutta ensin hän halusi kertoa vanhemmilleen asiasta.

Emilia heräsi kotilomansa aamuun, pukeutui ja varmisti, että oli pakannut kaiken mukaan. Sebastian ei saanut vapaata palatakseen hänen kanssaan Suomeen, joten tällä kertaa Emilia saisi pärjätä lomansa yksin, mutta hän tiesi, että saisi aikansa kulumaan kyllä tavatessaan ystäviään ja kertoessaan uutisista. Irinalle hänen pitäisi päästä kertomaan ja kai Villellekin pitäisi kertoa, vaikka hän ei mitään siitä tajuaisikaan?

Sebastian lennätti Emilian Suomeen ja muiden mukana ja he suutelivat hyvästiksi, sitten Emilia suuntasi matkansa pois lentokentältä vanhempiensa auton luokse ja hän istuutui takapenkille jännittyneenä, sillä hän halusi kertoa vanhempiensa luona kahvin merkeissä vauvauutisensa.

Olen raskaana, olen raskaana, olen raskaana!
Mennään jo, että pääsen kertomaan siitä, miten
onnellinen olen!

"Mennäänkö sairaalan kautta," äiti kysyi heti,
"voisimme kaikki käydä katsomassa Villeä?"

Jaa nyt Villeä katsomaan? Haluaisin kertoa
uutiseni teille ensin ja sitten vasta olla kahden Villen
kanssa ja kertoa hänelle mitä on tapahtunut.

Emilia oli hetken hiljaa, eikä hän olisi välttämättä
juuri nyt jaksanut mennä sinne, mutta toisaalta kun
hänellä oli kyyti ja kaikkea, niin olisi varmasti
järkevää mennä sairaalan kautta, "mennään vain."

Kerron teille sitten illalla vasta. Toisaalta Villen
näkeminen tekee hyvää, kun toisinaan alan
unohtaa miltä hän näyttää, kun olen poissa hänen
luotaan.

Isä ajoi sairaalan pihaan, eikä Emilia ollut
kertonut vielä uutisiaan, vaikka hänen teki
mielensä huutaa ne heti ulos suustaan.

"Haluan, että sinä nyt varaudut yhteen juttuun,"
äiti sanoi huokaisten.

"Täällä on tapahtunut jotain, kun olit poissa," isä
sanoi ja piteli edelleen ratista kiinni.

Mistä minä olen jäänyt paitsi?

"Miksi te olette niin vakavana," Emilia vakavoitui itsekin, "onko Villelle sattunut jotain?"

"On," äiti sanoi ja Emilia avasi äkkiä autonoven ja lähti kävelemään nopeasti sairaalaa kohti. *Mitä Villelle on tapahtunut? Minun on pakko päästä heti hänen luokseen, että näen, onko hän kunnossa.*

"Odota Emilia," äiti juoksi hänet kiinni, "hän ei ole enää siellä osastolla missä ennen oli."

"Mitä täällä on tapahtunut? Miksi minulle ei ole kukaan kertonut mitään," Emilia kysyi kauhuissaan, "onko hän? Onko hän kuollut?"

En kestä, jos en saanut hyvästellä häntä, sillä minun täytyy saada kertoa hänelle ensin, että rakastan häntä!

"Ei hän ei ole kuollut," äiti sanoi ja lähti kulkemaan sairaalaan sisälle, "mennään tästä hissillä ylös ensin ja yritä nyt rauhoittua."

"Miten minä voin rauhoittua, kun et sano mistä on kyse," Emilia korotti ääntään Ei hän ihan tällaista loman alkua ollut kuvitellut.

He kävelivät hiljaa aivan päinvastaiseen paikkaan missä Ville oli ollut viimeisen vuoden ja kauhukuvat pyörivät Emilian päässä. Äiti ja isä pysäyttivät hänet yhden huoneen ovelle.

"Me halusimme kertoa sinulle, mutta meitä vannotettiin, että emme saa keroa, vaan sinut pitää tuoda tänne, kun pääset seuraavan kerran lomalle," äiti sanoi ja Emilia avasi oven ärtyneenä sydän lujaa lyöden.

Minä vihaan tällaista, ettei minulle kerrota asioista.

"Emilia sinä tulit" Villen äiti Marja tuli halaamaan Emiliaa, mutta Emilia tuijotti vuoteen laidalla istuvaa vaaleahiuksista miestä, joka hymyili hänelle.

Ville!

Seuraava muistikuvan Emilia sai siitä, kun joku läpsi hänen poskeaan ja hoki rauhallisesti hänen nimeään.

"Olen hereillä," Emilia sanoi, eikä hetkeen tiennyt missä oli. Hän oli sairaalassa, jonkun huoneen lattialla. Emilia nosti katseensa ylös ja näki Villen kasvot omiensa lähellä, eikä hän meinannut saada henkeä, mutta lähinnä sen vuoksi, että häntä itketti niin paljon.

Voi Ville en halua herätä tästä unesta. En voi uskoa, että sinä todella olet siinä. Haluan tuntea ihosi ihollani, jotta tiedän, oletko se todella sinä.

Emilia kurotti kätensä Villeä kohden ja Ville kyykistyi Emilian eteen ja antoi tämän koskea kasvojaan. Ville pyyhki Emilian silmät kyyneleistä ja ojensi kätensä Emilialle.

"En odottanut, että me herättelisimme sinua tässä sairaalassa," Ville naurahti ja Emilia autettiin lattialta ylös.

En vieläkään usko tätä todeksi!

"Olen pahoillani, ettei sinulle kerrottu mitään, mutta kun kuulin sinun olevan ulkomailla, päätin käyttää aikaa toipumiseen, jotta sinä et joutuisi seuraaman sitä sivusta," Ville sanoi ja hymyili Emilialle.

"Et usko kuinka minä olen odottanut tätä hetkeä," Emilia sanoi parkunsa keskeltä ja tajusi viimeinkin halata aviomiestään.

"Niin sinä olit ainut, joka uskoi tähän ihmeeseen," Villen äiti sanoi ja he taluttivat Emilian vuoteen laidalle istumaan.

En minäkään ole uskonut siihen enää hetkeen, siksi tämä onkin niin järkyttävää.

"Koska sinä heräsit," Emilia kysyi vieläkin järkyttyneenä.

"Viikko sinun Turkkiin paluusi jälkeen," Villen äiti sanoi ja kaikki istuutuivat alas.

Emilia oli ollut koko ajan Turkissa tietämättä asiasta mitään ja jos hän olisi tiennyt, niin tietenkin hän olisi lentänyt heti Suomeen miehensä luokse kaikista tapahtumista huolimatta.

"Sinä lupasit ilmoittaa heti, jos Villen voinnissa tulee muutoksia," Emilia tiuskaisi Marjalle ja otti vastaan nenäliinan äidiltään.

Olen niin ravoissani! Olin jo hetken niin onnellinen kaikesta ja nyt tämä sotkee kaikki asiat elämässäni.

"Ville teki heti selväksi, ettei sinulle saisi ilmoittaa," Marja sanoi nolona.

"Niin tein," Ville sanoi tuimana ja nousi ylös, "et saa syyttää ketään tästä."

En minä syytä muita kuin itseäni siitä, että olen maannut toisen miehen kanssa.

"Minä olen sinun vaimosi ja olisin halunnut olla täällä sinun luonasi," Emilia huudahti ja loi Villeenkin vihaisen katseen, mutta Villen siniset silmät saivat hänen vihansa sulamaan.

"Pääsen viikon päästä kotiin täältä, jos kaikki menee hyvin," Ville sanoi ja istuutui Emilian viereen vuoteelle ja otti Emiliaa kädestä kiinni, "mutta en halua, että jätät työtäsi kesken vuokseni."

En voi lentää enää Turkkiin toisen miehen vuoteeseen, kun olet herännyt. Mitä minä teen tämän lapsen kanssa, jota kannan sisälläni? Sinä petyt Ville minuun niin paljon, että et halua nähdä minua enää ikinä.

Villen käsi oli lämmin ja niin elävä. Emilia tunsi rintansa painautuvan kasaan. Miten hän voisi kertoa Villelle olevansa raskaana toiselle miehelle ja että hänen sydämensä toivoi salaa, ettei Ville olisi herännyt, vaikka hän oli samaan aikaan pakahtumassa onnesta?

"Olen samaa mieltä. Työlläsi on ollut niin piristävä vaikutus sinuun, että on parempi jatkaa vielä pari kuukautta mitä sinulla on siellä jäljellä," äiti sanoi ja sai Emilian puremaan kynsiään.

En halua vielä päättää sitä. Minun täytyy puhua ensin Villen kanssa kahden, kunhan tiedän, miten kertoisin asiasta.

"Haluan tulla äiti teille täksi yöksi," Emilia sanoi ja sai äidiltään nyökkäyksen.

He viettivät Villen luona vielä hetken aikaa ja lähtivät sitten ajamaan Emilian vanhempien luokse. Ville oli suudellut Emiliaa hyvästiksi sairaalassa ja Villen huulet olivat olleet kuumat ja niin hyvän tuntuiset.

Emilia kävi joka päivä sairaalassa ja vietti aikaa Villen kanssa. Tuntui kuin Ville ei olisi koskaan ollutkaan poissa ja nyt kun Emilia oli Suomessa, tuntui Sebastian vuorostaan taas kovin kaukaiselta, vaikka hän viestittelikin tämän kanssa iltaisin. Hän ei vaan ollut pystynyt kertomaan mitä Suomessa oli tapahtunut, eikä hän pystynyt kertomaan Villelle mitä Turkissa oli tapahtunut. Raskaus oli edelleenkin salattu kaikilta, vaikka tähän mennessä kaikkien piti tietää iloiset uutiset ja kaikkien piti riemuita asiasta Emilian kanssa. Emilia ei saanut nukuttua kunnolla syyllisyyden tunnoltaan, eikä hän saanut ruokaakaan kunnolla alas. Hänen olisi pakko saada puhua tilanteesta jonkun kanssa. Äiti oli ainut, kehen hän luotti sata prosenttisesti ja yleensä äiti osasikin sanoa jotain järkevää.

"Äiti voimmeko jutella," Emilia istuutui olohuoneen sohvalle äitinsä viereen ja äiti laittoi ohjelmansa paussille.

"Tietysti. Mikä hätänä," äiti kysyi ja kääntyi Emiliaan.

"En tiedä mitä minä tekisin," Emilia sanoi surkeana, "olen todella sekaisin tästä kaikesta."

"Ai siitä, että saat Villen viimeinkin kotiin huomenna," äiti kysyi.

"Siitäkin," Emilia huokaisi, "mutta luulen, että hän ei halua tulla luokseni kotiin."

"Miten niin ei muka haluaisi," äiti kysyi ihmeissään.

Koska minä olen avionrikkoja.

"Muistatko sen ystäväni Sebastianin," Emilia kysyi virnistäen surkeana.

"Kyllä muistan, hän oli mukavan oloinen mies," äiti sanoi.

"Hän on todella mukava ja emme oikeastaan olleet vain pelkkiä ystäviä hänen kanssaan," Emilia sanoi ja huokaisi, "hän on ollut minun miesystäväni jo pidemmän aikaa. Hän on syy siihen miksi minä olen saanut elämänhaluni takaisin."

"Uskon kyllä, että Ville ymmärtäisi tilanteen," äiti sanoi hymyillen, "mutta ehkä kannattaa antaa hänen kotiutua ensin, tai voit myös olla kertomatta siitä."

Toisissa olosuhteissa kai voisinkin salata sen.

"Mutta kun en minä halua salata suhdettani Sebastianiin, enkä minä edes voi salata sitä, ainakaan kovin kauaa," Emilia sanoi ja taas hänen rintaansa puristi.

"Sitten sinun pitää kertoa Villelle ja toivoa, että hän antaa anteeksi," äiti sanoi ja nousi ylös, "mutta mielestäni hänen mieltään ei juuri nyt pitäisi järkyttää. Hän oli aluksi niin järkyttynyt oltuaan koomassa puolitoista vuotta."

"Mutta kun minä olen raskaana," Emilia sanoi ja tunsi kyynelten kirpoavan silmiinsä, "minä odotan Sebastianin lasta ja viikkojakin on jo sen verran, että tätä ei salata enää kauaa."

Äiti katsoi vain hämmentyneenä Emiliaa.

Sano jotain äiti!

"Miten olisi onnittelut," Emilia kysyi loukkaantuneena äitinsä hiljaisuudesta, "tai jos sanoisit että olet edes iloinen, kun saat ensimmäisen lapsenlapsesi!"

"Minä luulin, että sinä olisit oikeasti ollut sitoutunut aviomieheesi," äiti sanoi ja Emilia tuijotti hetken aikaa suu auki äitiänsä.

Samaan aikaan Emilian puhelin alkoi soida ja soittaja oli Sebastian, "hei kulta."

En pysty tähän. En halua puhua kanssasi juuri nyt.

"Onko kaikki hyvin," Sebastian kysyi heti huolestuneen kuuloisena, "oletko väsynyt."

"En ole väsynyt, mutta täällä on tapahtunut jotain," Emilia sanoi ja pyyhki kyyneliä silmistään, "kerron sinulle, kun näemme seuraavan kerran. En voi puhua nyt."

Emilia sulki puhelimensa ja loi vihaisen katseen äitiinsä, "kiitos tästä iloisesta reaktiosta."

"Miten sinä sitten toivoit minun reagoivan," äiti kysyi ivallisesti.

"En tiedä. Onnittelevan. Tai edes sanovan, että kaikki kääntyy parhain päin," Emilia sanoi ja hänestä tuntui, että hänen viimeisetkin voimansa olisivat kadonneet.

Olit ainoa, jonka uskoin auttavan ja lohduttavan minua. Minne sinä olet kadonnut äiti, vai enkö sittenkään tuntenut sinua koskaan kunnolla?

"No onnea nyt. Pakkohan minun on nyt ajatukseen tottua," äiti sanoi huokaisten.

Emilia loi äitiinsä vihaisen katseen ja poistui ovet paukkuen paikalta. Tuollaista reaktiota hän ei ollut ikimaailmassa odottanut. Äiti rakasti lapsia ja oli aina toivonut, että Emilia saisi vauvan. Äiti oli ollut kovin innoissaan edellisestäkin raskaudesta, joten miksi hän ei voinut nyt riemuita Emilian kanssa asiasta.

Seuraavana päivänä Ville pääsi kotiin. Emilia ja Villen äiti hakivat Villen tavaroineen yhdessä pois sairaalasta. Ville alkoi olla melko hyvässä kunnossa, mutta hänen liikkumisensa ei ollut vielä niin hyvää, että hän pärjäisi yksin kokonaan, joten Emilia olisi nyt viikon Villen apuna ja seuraavat kaksi kuukautta apuna olisi Villen äiti. Emilia ei ollut vieläkään keksinyt ratkaisua ongelmaansa, mutta alkoi kallistua sen puoleen, että kertoisi Villelle totuuden. Joko Ville ymmärtäisi sen tai sitten ei, mutta Emilia rakasti molempia miehiä niin paljon, ettei osannut päättää kumman kanssa olisi. Jos Ville antaisi kaiken anteeksi, niin hänen varmaan täytyisi jäädä tämän luo, mutta miksi ajatus Sebastianista eroamisesta sai hänet ahdistumaan? Tilanne ei ollut reilua ketään kohtaan ja Irina oli ollut totaalisen väärässä, kun oli sanonut, että kaikella oli jokin tarkoitus, sillä nyt jokin ylempi voima piti selvästi Emiliaa pilkkanaan.

"Onko teillä nyt varmasti kaikki mitä tarvitsette," Marja kysyi vielä ovelta.

"On, on mene jo äiti," Ville sanoi ja odotti selvästi sitä, että pääsisi rauhassa katsomaan miltä oma koti nykyisin näytti.

Marja sulki oven ja Emilia ja Ville jäivät katsomaan toisiaan ja hymyilivät. Tilanne oli outo. "Haluaisin nyt vain kupillisen kotona keitettyä kahvia," Ville sanoi ja Emilia ilmoitti menevänsä keittämään sitä.

Minun täytyy puhua asia selväksi vielä tänään Villen kanssa, jotta voin viimeinkin kertoa Sebastianille mitä on tapahtunut.

Hetken päästä Ville saapui keittiöön ja halasi Emiliaa takaa päin, "et usko miten olen odottanut, että pääsisin kotiin kanssasi kahden kesken."

Et voi itse uskoa kuinka hyvältä sinä tunnut ihoani vasten. Kaiken tämän ajan olen haaveillut tästä hetkestä ja nyt kun se hetki on tässä käsillä, niin en voi olla sinun kokonaan.

"Ville," Emilia kääntyi Villeen päin ja oli aikeissa sanoa tälle pettäneensä tätä, mutta Villen siniset silmät saivat hänet vaikenemaan. Hän halusi Villeä niin paljon, että oli valmis unohtamaan hetkeksi kaiken mitä oli tapahtunut Villen onnettomuuden jälkeen ja sulamaan tämän syleilyyn loppuelämäkseen.

"Olen halunnut sinua siellä sairaalassa koko sen ajan mitä olin siellä hereillä ja nyt olet siinä upeana

171

ilmestyksenä," Ville kuiskasi ja suuteli Emilian kaulaa.

Emilia voihkaisi halusta ja tarrautui Villeen kiinni, "en uskonut, että saisin enää ikinä koskea sinua näin."

Älä päästä irti minusta, ole kiltti.

"Minä olen tässä nyt enkä ole menossa minnekään," Ville sanoi ja suuteli Emiliaa palavasti riisuen samalla Emilian vaatteita.

"Ville muistatko mitä sanoin sinulle ennen onnettomuuttasi," Emilia kysyi ja riisui samalla Villen paidan tämän yltä.

"En," Ville sanoi ja alkoi avata Emilian farkkujen nappeja.

"Minä sanoin vihaavani sinua," Emilia sanoi ja antoi housujensa pudota alas.

"En välitä siitä," Ville sanoi, mutta Emilia työnsi Villen pois luotaan.

"Ihan tosi. Minun täytyy saada sanoa tämä asia nyt sinulle," Emilia sanoi ja nosti Villen käden poskelleen, "minä sanoin, että minä vihaan sinua, kun olin niin vihainen ja katkera keskenmenosta, mutta en minä tarkoittanut sitä."

"En kai minä niin olisi uskonutkaan," Ville hymyili ja porautui Emilian silmiin ja pyyhki hänen silmänsä nurkasta valuvan kyyneleen, "olimme olleet silloin viisi vuotta yhdessä ja en kai minä tosissani tuollaista olisi ottanut. Kyllä minä tiesin, että sinuun sattui. Se että sinä yhden kerran sanoit noin yhdessäolomme aikana ja muuten olit näyttänyt moneen kertaan, kuinka paljon minua rakastit, ei pystyisi saamaan uskoani rakkauttasi kohtaan horjumaan."

Olet oikeassa. Kyllä sinä tiesit koko ajan, etten vihaa sinua.

"Olen onnellinen, ettet muista sitä, sillä minä todella rakastan sinua ihan hirveästi Ville," Emilia sanoi ja painautui suutelemaan Villeä uudelleen nauttien tunteesta mitä Villen lämpöiset kädet hänen ympärillään saivat aikaan.

Emilia yritti saada ajatuksensa kasaan ja mietittyä tilannetta järkevästi. Hän ei voisi rakastella Villen kanssa, kun odotti Sebastianin lasta, mutta ennen pitkää hän huomasi olevansa alasti vuoteella Villen alla ja hän oli niin huumassa, ettei edes pystynyt ajattelemaan selvästi mitään. Hän havahtui siihen, että ulko-ovi kävi ja pian Sebastian seisoi makuuhuoneen ovella.

Mitä täällä tapahtuu? Sebastian on täällä, mutta hän ei reagoi tilanteeseen mitenkään, enkä minä pysty lopettamaan nautintoani.

"Eih," Emilia huudahti, mutta kiihko oli vallannut hänet niin voimakkaasti, ettei hän pystynyt siltikään järjellä ajattelemaan asiaa, eikä Villeä tuntunut vaivaavan yhtään Sebastianin läsnäolo. Sebastian katsoi vain ovelta, eikä poistunut paikalta ja Emilian oli pakko itkeä.

Kyllä minä tiedän mitä haluan. Sebastian sinut minä haluan!

"Minä rakastan sinua Ville," hän kuiskasi, "mutta en voi enää olla kanssasi, kun rakastan erästä toistakin."

"En minä välitä, sillä minäkin rakastan sinua," Ville sanoi ja Emilia tunsi, kuinka hän halusi miestä koko ajan vain kovemmin.

Mikä minua vaivaa? Mikä Villeä ja Sebastiania vaivaa, kun kumpikaan ei välitä tilanteesta, että he molemmat ovat täällä?

"Minä rakastan sinua Sebastian," Emilia sanoi, "haluan olla sinun kanssasi!"

"Sinun täytyy päästää minusta irti," Ville sanoi, "et voi pitää meitä molempia."

Emilia sulki silmänsä ja kun hän avasi ne, hän tajusi rakastelevansa Sebastianin kanssa.

Emilia tunsi räjähtävänsä nautinnosta.

9. Päätös

Emilia nousi huutaen ylös vuoteeltaan ja hän vain itki ja itki. Oliko hän menettänyt kaiken?

"Emilia kaikki kunnossa," Emilia kuuli Sebastianin äänen ja tunsi, kuinka mies painoi hänet rintaansa vasten.

Emilia ei pystynyt lopettamaan itkemistään hetkeen aikaan, mutta alkoi hahmottaa olevansa Turkissa Sebastianin huoneessa. Mitä oikein oli tapahtunut?

"Miten kukaan voi nähdä noin kamalaa unta, että on noin hysteerinen herätessään," Sebastian kysyi ja silitti Emilian hiuksia.

En kestäisi, jos tapahtuisi noin kuin unessani. Ikävöin Villeä, mutta en halua, että hän herää!

"Älä jätä minua," Emilia sanoi ja tarrautui Sebastianiin kiinni. Jos hän oli nähnyt unta, niin uni oli kyllä ollut aivan liian todellinen. Hän oli tuntenut Villen niin elävästi ja tuntui kuin hän olisi oikeasti juuri rakastellut Villen kanssa, sillä hänen koko kehonsa sykki vieläkin.

"En minä sinua jätä höpsö," Sebastian sanoi ja antoi Emilialle nenäliinan, "yritä nyt rauhoittua, tai en voi lähteä töihin tänään."

"Näin unta siitä, että Ville heräsi ja en tiennyt mitä tehdä ja ymmärsin rakastavani sinua niin valtavasti, että en kestäisi, jos menettäisin sinutkin," Emilia sanoi ja uni alkoi viimeinkin karista hänen hartioiltaan. Hän oli edelleen Turkissa, pian alkaisi viimeinen loma Suomessa ja he pääsisivät viimeinkin kertomaan vauvasta kaikille, kun riskiraja oli jo ylitetty.

"Et sinä minua menetä," Sebastian sanoi ja suuteli Emilian otsaa, "se oli vain unta."

Emilia nyökkäsi ja hengitteli hetken syvään, jotta saisi itkun loppumaan. Kaikki oli hyvin.

"Pitäisikö minun jäädä kuitenkin kanssasi päiväksi," Sebastian kysyi huolestuneena.

"Ei," Emilia sanoi, "kyllä minä tästä toivun."

"Oletko varma? Näytät vieläkin niin järkyttyneeltä," Sebastian kysyi ja samassa hänen herätyskellonsa soi.

"Olen varma," Emilia sanoi ja hän oli rauhoittunut, "parempikin kun saan olla ihan itsekseni tänään. Minun pitää lähteä Damlanin kanssa hamamkylpyyn ja mennä ostoksille. Ajattelin kertoa hänelle vauvasta."

"Me voisimme vihdoin kertoa äidille sen yhdessä, sillä haluan hänen viimeinkin ymmärtävän, että olet osa elämääni, oli hänen mielipiteensä mikä tahansa."

On hyvä kertoa hänelle, jos hän vaikka oikeasti ottaisi minut todesta sen jälkeen.

Emilia nyökkäsi. Sebastian antoi vielä halauksen ja suudelman, pukeutui sitten lentoja varten ja lähti aamiaiselle, jotta ehtisi ajoissa kentälle. Emiliaa väsytti, mutta hän ei halunnut enää nukkua, sillä pelkäsi näkevänsä taas unta Villestä. Olisi nyt vain parasta nousta ylös ja mennä vaikka hetkeksi altaalle aurinkoon, tai hän voisi vapaasta tehdä silti paperitöitä, niin saisi ajatuksensa muualle unestaan. Hän oli aina toivonut, että saisi olla vielä Villen kanssa ja kaikki oli tuntunut unessa todelliselta, mutta ei hän pystyisi oikeasti toimimaan noin, kun oli unessaan toiminut, eikä hänen äitinsä reagoisi noin vauvauutisten jälkeen, vaan olisi oikeasti innoissaan. Äidin reaktio unessa tuntui pahalta. Ja Ville oli lopuksi sanonut.. Ville oli lopuksi sanonut, että hänen pitäisi päästää Villestä irti. Miksi Ville oli niin sanonut?

Emilia kävi suihkussa ja seisahtui peilin eteen katsomaan vatsansa seutua, josta hän jo pystyi itse erottamaan pienen pyöristymisen. Muutamien viikkojen päästä ei kukaan varmasti enää miettisi miksi hänen vatsanseutunsa oli kasvanut, vaan asia olisi julkista tietoa. Ikävä Suomeen alkoi painaa jo kunnolla, kun hän tiesi, ettei töitä olisi enää paljoa jäljellä, eikä Turkissakaan ollut enää juurikaan asiakkaita parhaimpaan sesonkiin verraten. Pian koko hotelli olisi hiljainen muutaman kuukauden, kunnes uusi sesonki alkaisi, mutta sitä Emilia ei olisi enää näkemässä.

Emilia sai aamupäivän kulumaan töidensä lomassa ja lounaan jälkeen hän otti paperinsa ja siirtyi toimistoonsa istumaan niiden kanssa Greta ja Damlan olivat tekemässä kierrosta asiakkaiden parissa, joten hänellä olisi nyt hetki omaa rauhaa. Emilia uppoutui papereihinsa, mutta uni vaivasi häntä ja aika ajoin hänen oli pakko muistella mitä unessa oli tapahtunut. Hän havahtui ajatuksistaan koputukseen ja kääntyi ympäri. Sebastianin äiti seisoi ovella.

"Ehditkö jutella kanssani hetken," Maria kysyi ja tuli sisälle huoneeseen, ennen kuin Emilia oli ehtinyt nyökkäämään.

En jaksaisi juuri nyt jutella sinun tai kenenkään muun kanssa.

"Ilmeisesti ehdin," Emilia sanoi ja näytti, että Maria voisi istua, "sinähän olet kuitenkin työnantajani."

"Niin, se on hyvä pitää mielessä," Maria sanoi ja nosti leukaansa ylväästi ylöspäin.

Taidat pitää huolen siitä, että tulen tietämään sen vastaisuudessakin?

"Mistä haluat puhu," Emilia kysyi.

"Kuinka paljon sinä haluat? Sano hintasi," Maria sanoi ja otti shekkivihkonsa esille.

"Anteeksi kuinka," Emilia kysyi hämmentyneenä.

"Kuinka paljon sinä haluat rahaa, jotta jätät poikani rauhaan," Maria kysyi tylysti.

Olet uskomaton! Miten kehtaat toimia näin poikasi selän takana?

"En minä halua mitään rahaa," Emilia sanoi järkyttyneenä.

"Otin selvää sinusta ja tiedän, että olet naimisissa," Maria sanoi ja kirjoitti shekkivihkoon jotain ja repäisi paperin siitä irti, "tuolla sinä pärjäisit jo vuosia eteenpäin."

Ilmeisesti et ottanut selvää siitä, millaisessa tilanteessa liittoni on, mutta en jaksa juuri nyt sitä selittääkään.

Emilia otti shekin ja siinä luki kaksi miljoonaa euroa. Hän yskäisi. Tuollaista summaa harvemmin näki edes paperilla.

"Ei kiitos," Emilia sanoi ja huokaisi, "en minä aio erota Sebastianista."

"Et tule ikinä saamaan hänen rahojaan," Maria sanoi tylysti, "tein sinulle todella anteliaan tarjouksen, vaikka mielestäni tuollaiselle avionrikkojalle ei kuuluisi antaa mitään!"

"Mitä sinäkin tiedät minun avioliitostani," Emilia nousi tuolistaan ylös, "sinulla ei ole mitään oikeutta puuttua Sebastianin tai minun elämääni millään tavalla ja olet todella väärässä, jos luulet, että minut voi ostaa rahalla!"

Rakkaus jota saan Sebastianilta, on miljoonasti arvokkaampi kuin typerä shekkisi!

"Minä teen kaikkeni, jotta perheeni olisi turvassa ja kun olen nähnyt poikani murskattuna naisen vuoksi jo kerran, niin en halua nähdä häntä enää toista kertaa samassa tilanteessa," Maria sanoi,

181

"haluan sinut ulos hänen elämästään ja jos et huoli tuota rahaa ja lähde täältä, niin minä pidän huolta, että sinä lähdet täältä ilman rahaa."

Voi miten haluaisin ravistella sinua juuri nyt ymmärtämään, että pyydät minut tekemään poikasi taas onnettomaksi, vaikka luulet tarkoittavasi vain hyvää.

"Sitten sinä saat lähettää minut pois ilman rahaa," Emilia sanoi, repi shekin ja heitti palaset roskiin.

"Perhe on kaikista tärkeintä mitä ihmisellä on elämässään ja mikään este tai hidaste ei saa tuhota sitä," Maria sanoi ja läheni Emiliaa, "olethan sinä sievä ja edustava nainen, mutta en voi koskaan hyväksyä teidän suhdettanne sinun avioliittosi vuoksi, sillä omalle miehelle pitää pystyä omistautumaan sata prosenttisesti."

"Tiedätkö mitä Maria," Emilia sanoi kurtistaen kulmiaan, "olet aivan oikeassa siinä, että perhe on tärkein. Ja myös siinä, että omalle miehelle pitää pystyä omistautumaan."

Miksi minä roikun vieläkin kahden miehen loukussa, kun päätökseni pitäisi olla selvä?

"Niin, ehkäpä me pääsemme sopuun kuitenkin hinnasta," Maria vilautti shekkivihkoaan.

"Pidä typerät rahasi," Emilia tiuskaisi ja meni ovelle, "mutta saat tahtosi läpi, minä palaan Suomeen."

Olen tehnyt päätökseni!

Emilia juoksi hotellihuoneelleen ja pakkasi kaikki tavaransa kasaan ja otti ensimmäisen taksin mikä paikalle saapui. Hän osti lennon Suomeen ja lensi ensimmäisen kerran sinne ilman Sebastiania.

Sebastian tarkisti oman huoneensa ja Emilian huoneen, mutta ei löytänyt häntä niistä. Sebastian oli kiertänyt koko paikan ja tuntui aivan kuin Emilia olisi kadonnut kokonaan hotellista. Damlan ja Gretakaan eivät olleet nähneet Emiliaa aamun jälkeen, eikä Emilian puhelin ollut päällä. Sebastian alkoi huolestua, sillä Emilia oli toisinaan ailahtelevainen ja oli ollut järkyttynyt aamulla herättyään.

Kello lähenteli jo kymmentä illalla, eikä Sebastian pystyisi nukkumaan ilman, että tietäisi missä Emilia olisi. Hän päätyi istumaan hotellin pääaulaan ja tilasi kahvin. Toivottavasti kaikki oli hyvin. Tuntui hullulta, ettei Emilia ollut ilmoittanut mitään, jos jokin olisi ollut hullusti. Vaikka Emilia odotti hänen lastaan ja oli hänen tällä hetkellä, pelkäsi hän silti, että tapahtuisi jotain mikä saisi Emilian lähtemään ja jättämään hänet. Pahinta olisi, jos Emilian aviomies heräisi. Oliko hän julma, kun toivoi, että Ville nukkuisi pois ja hän saisi tilaisuuden pitää Emilian kokonaan itsellään? Emilia oli selvästi edelleen kahden miehen nainen, vaikka Sebastian toisinaan yrittikin unohtaa sen asian. Nyt kun heille syntyisi lapsi, oli Sebastian entistä enemmän huolissaan omasta asemastaan, eikä Emilian katoaminen jonnekin saanut Sebastianin huolta ainakaan katoamaan.

Sebastian joi kahvinsa ja lähti vielä kiertämään hotellia varmuudeksi. Ulkona oli jo niin pimeätäkin, ettei siellä nähnyt mitään, mutta hän kävi silti rannalla varmistamassa, ettei Emilia ollut siellä, sillä hänellä oli tapana aina rankan päivän jälkeen istua kuuntelemassa aaltoja. Ei taaskaan mitään tulosta. Sebastian vilkaisi taas puhelintaan ja päätyi kävelemään allasbaarille kysymään, oliko Demirillä tietoa Emiliasta. Kun Demirilläkään ei ollut tietoa, yritti Sebastian taas soittaa Emilian puhelimeen, mutta se oli edelleen kiinni. Sebastian huokaisi ja lähti sisälle hotellille.

Sebastian käveli myöhäisen illallisen tilaan ja istuutui syömään, sillä hän ei ollut syönyt koko iltana kunnolla.

"Menikö lento hyvin," Sebastian havahtui äitinsä kysymykseen.

"Ihan hyvin," Sebastian sanoi ja haukkasi palan sämpylästään.

"Minun pitää kertoa sinulle yksi asia," Maria sanoi ja istuutui Sebastiania vastapäätä pöydän ääreen.

Sebastian katsoi kysyvästi äitiään.

"Juttelin tänään Emilian kanssa," Maria sanoi ja risti kätensä pöydälle mutristaen suutaan samalla.

"Ai juttelit," Sebastian kysyi hämmentyneenä. Edes joku oli siis nähnyt Emilian kunnolla, "onko hänellä kaikki hyvin? En löydä häntä mistään."

"Hän ei ole täällä," Maria sanoi ja tarttui poikansa käteen kiinni, "Sebastian minun täytyy puhua kanssasi Emiliasta ja siitä, mitä yksityisetsivä sai selville hänestä."

"Yksityisetsivä," Sebastian kysyi suu auki ja veti kätensä pois äitinsä käden alta, "et ole tosissasi!"

"Tietenkin palkkasin etsivän setvimään mitä luurankoja hänen kaapissaan on, ennen kuin hän lopullisesti tuhoaa sinut," Maria sanoi.

"Tuhoaa minut," Sebastian korotti ääntään kysyvästi, "mitä sinä olet mennyt tekemään hänelle?!"

"Kerroin hänelle mitä tiedän ja hän teki päätöksen poistua elämästäsi," Maria sanoi ja näki poikansa tyrmistyneen ilmeen, "tiesin, että hän olisi petollinen."

"Petollinen," Sebastian nousi raivoissaan ylös tuolistaan, "milloin sinä lopetat sekaantumasta elämääni?"

"Tiedät, että teen kaiken rakkaudesta sinua kohtaan," Maria sanoi, "tiedät, että teidän lasteni onni on kaikista tärkeintä."

"Mikset sitten anna minun olla onnellinen ja lopeta sekaantumista elämääni," Sebastian huusi, "mitä sinä sanoit hänelle?"

"Kerroin hänelle, että etsivä sai selville, että hän on naimisissa," Maria sanoi ja kun näki Sebastianin hämmentyneen ilmeen, jatkoi, "sanoin hänelle, että omalle miehelle pitää olla uskollinen, että hän ei ikinä saisi sinun rahojasi ja että jos hän ei lähde vapaaehtoisesti, niin minä hoidan hänet ulos hotellistamme muilla keinoin."

"Voi ei äiti, et tiedä mihin olet nyt sekaantunut," Sebastian huokaisi ja istuutui alas painaen päänsä käsiinsä.

"Sinä olit hänelle vain hyväksikäytettävänä ja hän selvästi juoksi rahojesi perässä," Maria sanoi tyytyväisenä siitä, että oli saanut pelastettua poikansa onnettomalta suhteelta.

"Äiti ole hyvä ja istu alas," Sebastian komensi ja sai Marian istuutumaan, "Emilia lähti siis takaisin Suomeen?"

"Kyllä. Hän teki selvästi päätöksen toimia oikein ja palasi aviomiehensä luokse," Maria sanoi edelleen tyytyväisenä.

"Äiti minä olen tiennyt koko tämän ajan, että hän on naimisissa," Sebastian huokaisi, "eikö Emilia sanonut mitään siitä sinulle, kun juttelitte?"

"Ei hän sanonut mitään muuta, kuin että olin hänen mielestään oikeassa siinä, että perhe on kaikista tärkeintä ja, että hän oli samaa mieltä siitä, että miehelle pitää pystyä omistautumaan," Maria sanoi ja siristi silmiään ymmärtäessään mitä Sebastian oli sanonut, "miten sinä saatoit sekaantua naimisissa olevaan naiseen Sebastian?"

"Äiti kaikki ei ole niin selvää tässä tilanteessa kuin luulet," Sebastian sanoi ja raapi poskeaan, "Emilia on todella naimissa, mutta hänen miehensä ei tavallaan ole elossa. Ja ihmettelen, ettei se sinun etsiväsi ole selvittänyt asiaa loppuun asti!"

"Minulle riitti tieto avioliitosta. Tiedät etten hyväksy avioliiton ulkopuolisia suhteita," Maria sanoi, "sinun ja Stellan erokin oli viedä mielenterveyteni!"

"Emilian mies oli kohta kaksi vuotta sitten onnettomuudessa ja makaa teho-osastolla koomassa hengityskoneiden varassa," Sebastian huokaisi ja risti nyt puolestaan kätensä pöydälle, "ja minä tiedän sen, sillä olen käynyt Emilian kanssa sairaalassa katsomassa hänen aviomiestään."

Maria oli hiljaa ja hämmentynyt.

"Emilia ei ole pelkkä tyttö muiden joukossa, vaan aion viedä hänet vielä vihille jonakin päivänä," Sebastian sanoi, "ja jos sinä jatkat tuohon malliin, sinä et saa olla osana ensimmäisen lapsenlapsesi elämää."

"Tuo on julmaa uhkailua," Maria sanoi loukkaantuneena, "enkä hyväksy, että uhkailet minua tuollaisella asialla."

"Käyttäydy sitten niin, ettei minun tarvitse," Sebastian jyrähti, "Emilia kuuluu elämääni, ainakin toivon niin sinun typerän käyttäytymisesi jälkeen ja jos sinä et hyväksy häntä, niin minäkään en voi olla tekemisissä kanssasi. Ymmärrätkö?"

Maria istui hiljaa ja ylpeys hänen teostaan oli selvästi karissut hänen yltään.

"Ja jos sinä nyt sait hänet säikähtämään niin en uskalla edes ajatella mitä minä sitten teen," Sebastian sanoi hiljaa, "rakastuin häneen heti kun näin hänet ja olen nähnyt kovan vaivan saadessani hänen luottamuksensa ja rakkautensa, kun hän ei olisi halunnut pettää miestään kanssani. Emilia oli todella sitoutunut avioliittoonsa ja kun vihdoin sain hänet ymmärtämään, että minä olen se kuka häntä rakastaa ja että minä en ole koomassa, niin hän on antanut kaikkensa minulle."

"En tiedä mitä sanoa Sebastian," Maria sanoi hiljaa, "en tiennyt, että te oikeasti."

"Ai oikeasti rakastaisimme toisiamme," Sebastian kysyi korottaen taas ääntään, "sillä kyllä me rakastamme, mutta hänen tunteensa ovat olleet ailahtelevaiset, kun hän miettii välillä, tekeekö oikein miestään kohtaan ja en ole halunnut ahdistaa häntä asialla, sillä jos hän nyt sinun vaatimuksestasi tekee ratkaisun, jota hän katuu lopun elämäänsä, niin en anna sitä sinulle ikinä anteeksi."

"Mitä hän sitten voisi tehdä," Maria kysyi huolestuneena.

"Hän tekisi päätöksen, että irrottaa aviomiehensä koneista ja tämä kuolisi. Olen koko ajan sanonut, että päätöksen on oltava sellainen mitä hän haluaa, ei sellainen mitä me haluamme, että hän pystyy elämään sen kanssa," Sebastian sanoi, "eikä hän muutenkaan saisi nyt stressaantua liikaa, ettei lapselle käy mitään."

"Mille lapselle," Maria nousi ylös hämmentyneenä.

"Minun ja Emilian lapselle," Sebastian tuhahti, "meidän piti kertoa sinulle vauvasta tänään illalla yhdessä, mutta muutit hieman suunnitelmaa."

"Onko minusta tulossa isoäiti," Maria nosti kädet suunsa eteen.

"Tällä menolla ei," Sebastian sanoi, "sillä jos Emilialle on käynyt jotain, niin minä en halua nähdä sinua enää ikinä."

"Herrajumala Sebastian," Maria henkäisi kauhuissaan, "en minä voinut tietää! En minä olisi tehnyt mitään tällaista, jos olisin tiennyt!"

"Vaikka et tiennyt, niin se ei silti oikeuta sinua tekemään mitään mitä olet nyt Emilialle sanonut tai tehnyt," Sebastian tuhahti, "minun on parasta lentää Suomeen nyt heti."

"Minä tulen mukaasi," Maria sanoi ja tarttui Sebastianin hihaan, "minä aiheutin Emilian lähdön ja haluan korjata tilanteen."

"En ole varma onko fiksua ottaa sinua mukaan," Sebastian sanoi ja mutristi taas suutaan, "mutta olet kyllä anteeksipyynnön velkaa Emilialle."

"Niin olen," Maria myönsi nolona, "älä vihaa minua Sebastian."

"En minä sinua vihaa," Sebastian huokaisi ja halasi äitiään, "joskus vaan et oikein ajattele tekojesi seurauksia. Mutta parasta lähteä nyt, niin tilanne saadaan selvitettyä nopeasti, kun en saa Emiliaa kiinni."

Sebastian ja Maria lensivät Suomeen ja kello oli melkein seitsemän aamulla, kun he seisoivat Emilian asunnon ovella soittamassa ovikelloa. Sebastian kuuli, kuinka Emilia saapui hiljalleen ovelle, eli hän oli kotona. Emilia avasi oven ja heti kun näki Sebastianin, hän syöksyi halaamaan tätä.

Voi et usko miten ikävöin sinua jo tässä ajassa mitä olimme erossa!

"Anteeksi Sebastian, että lähdin sanomatta mitään, mutta puhelimeni laturi jäi Turkkiin, enkä ole saanut siihen virtaa, että olisin voinut ilmoittaa sinulle tänne tulostani," Emilia sanoi ja painautui lujempaa Sebastiania vasten.

"Tiedän kenen syytä lähtösi on, joten ei hätää," Sebastian sanoi ja Emilia vetäytyi äkkiä irti Sebastianista, kun näki Marian seisovan hetken matkan päässä Sebastianista.

Maria!

"Miksi hän on täällä," Emilia kysyi siristäen silmiään, sillä hän ei juurikaan jaksanut ajatella hyviä asioita Mariasta.

"Äidillä on vähän asiaa," Sebastian sanoi, "mennäänkö sisälle juttelemaan?"

Heitän hänet ulos, jos hän sanoo mitään ilkeää minulle.

Emilia nyökkäsi ja käveli suoraan keittiöön keittämään kahvia. Hän oli vieläkin ihan unessa, kun hänet oli herätetty äsken kesken unien.

"Sinulla on kaunis koti," Maria sanoi katseltuaan hetken ympärilleen.

"Kiitos," Emilia sanoi hiljaa ja istuutui keittiön pöydän ääreen, "tämä on minun ja aviomieheni Villen koti."

Noin, sinähän pidät minua perheentuhoajana.

"Niin," Maria sanoi nolona, "Emilia minä olen kovin pahoillani siitä, miten olen käyttäytynyt."

Mitä?

"Anna olla Maria," Emilia huokaisi, "puhuit todella loukkaavasti minulle, kun tarjosit rahaa, että lähtisin, mutta toisaalta sait minut ajattelemaan asioita ja sitä mitä minun pitää tehdä."

"Sebastian kertoi miehestäsi, enkä minä halua, että teet mitään mitä kadut," Maria sanoi ja katsoi Emiliaa anteeksipyytävästi.

"En minä teekään," Emilia sanoi ja nousi ylös katsoen samalla Sebastiania, joka seisoi kahvikuppi kädessä nojaten keittiön apupöytään, "minä olen päättänyt päästää Villen pois tästä maailmasta."

"Oletko varma," Sebastian kysyi yllättyneenä.

"Olen minä," Emilia sanoi hymyillen, "haluan olla täysin sinun ja olen kamalan itsekäs, kun olen pitänyt Villen hengissä, vaikka Villen äitikin on monta kertaa pyytänyt, että Ville saisi kuolla."

Pitää minun ajatella nyt muitakin ihmisiä kuin vain itseeni. Mutta tarvitsen perheeltäni vielä siunauksen päätökselleni ja haluan kuulla, että he ovat samaa mieltä, että päätökseni on oikea.

193

Sebastian läheni halaamaan Emiliaa, "tuen päätöstäsi, oli se sitten mikä hyvänsä."

"Kiitos," Emilia sanoi ja painautui Sebastianin lämmintä rintaa vasten, "haluan, että meidän lapsemme syntyy elämään, jossa minä en mieti päätöstäni ja elä kahden miehen naisena. Haluan, että hänellä on ehjä perhe, johon hän syntyy."

"Olen Emilia niin pahoillani siitä, miten olen sinua kohdellut," Maria oli noussut ylös tuolistaan ja painoi kätensä Emilian olkapäälle, "en minä oikeasti ole paha ihminen."

"Kyllä minä sen tiedän," Emilia sanoi ja irtaantui Sebastianin syleilystä, "minä tavallaan arvostan sitä, miten sinä omistaudut suojelemaan lapsiasi ja perhettäsi, jos jokin uhkaa heitä."

"Ehkä me voisimme aloittaa puhtaalta pöydältä," Maria kysyi ja ojensi kätensä Emilialle, "hei olen Maria Kajander, Sebastianin äiti."

Emilia tarttui Marian käteen, "Emilia Lehto, poikasi avopuoliso."

"Tervetuloa perheeseen Emilia," Maria sanoi ja halasi Emiliaa, eikä Emilia vastustellut, kun Marian syli tuntui aidosti siltä, että hän todella halusi aloittaa kaiken alusta.

"Kerroin äidille vauvasta," Sebastian sanoi ja istuutui alas, "sanoin, että hänen on parasta olla ystävällinen sinulle, jos haluaa olla tekemisissä lapsemme kanssa."

"Ei minusta ole pakko pitää, kunhan annat minun pitää pojastasi," Emilia sanoi ja istuutui Sebastianin viereen.

"Kyllä minä sinusta pidän," Maria sanoi hymyillen, "ja nyt kun tiedän totuuden, niin en ikimaailmassa tekisi enää mitään sellaista mitä tein."

Emilia nyökkäsi hymyillen. Oli helpottavaa istua pöydässä Marian ja Sebastianin kanssa sulassa sovussa. Marian hyväksyntä merkitsi hänelle paljon.

"Syy miksi pyysin teidät kaikki tänne, on Ville," Emilia sanoi ja katsoi vanhempiansa ja Villen vanhempia, "tässä on nyt sattunut niin paljon kaikenlaista, että haluan kertoa teille ensimmäisenä mitä olen päättänyt."

Miksi tätä on niin vaikeaa kertoa, vaikka tiedän, että te tuette minua tässä asiassa.

"Istuisit alas," äiti sanoi ja näytti paikkaa viereltään sohvalta, "näytät vähän huonovointiselta."

"Niin minä olenkin, kun en ole saanut syötyä kunnolla mitään tänään," Emilia huokaisi ja istui alas, "niin moni asia on pyörinyt mielessäni."

"Mikä mieltäsi sitten painaa," Marja kysyi huolissaan.

"Minä olen päättänyt, että Ville irrotetaan koneista," Emilia sanoi, "näin muutama yö sitten unta Villestä, jossa hän heräsi ja se oli oikeasti painajainen, vaikka vieläkin toinen puoli minusta haluaisi niin kovasti sen tapahtuvan, mutta toinen puoli minusta ei enää halua."

Suurin osa minusta ei enää halua hänen heräävän!

"Olen onnellinen päätöksestäsi," Marja sanoi hymyillen, vaikka hänen silmistään näkyi vettyminen "on meille kaikille helpompaa, kun pääsemme suremaan hänen poismenonsa loppuun."

"Haluan kertoa mihin päätökseni perustuu ja haluan, että sanotte minulle, että teen oikein, enkä vain sen vuoksi, että olen itsekäs. En halua katua päätöstäni myöhemmin," Emilia sanoi.

Mitä jos kaikki reagoivat samalla tavalla tilanteeseen, kuin unessani äiti oli reagoinut?

"En ymmärrä miksi katuisit päätöstäsi, sillä tämä on Emilia oikea ratkaisu," Villen isä sanoi.

"Minä sain Turkissa ystävän nimeltä Sebastian," Emilia sanoi ja katsoi vanhempiaan, "te olettekin jo tavanneet hänet."

Ja hän on niin komea ja ystävällinen.

He nyökkäsivät.

"Minä yritin kaikkeni, jotta en tuntisi mitään häntä kohtaan, mutta tunteet veivät mukanaan ja olen niin rakastunut häneen, että se sattuu," Emilia huokaisi, "aivan samalla tavalla kuin Villeenkin ja se tuntui aluksi kamalalta. Tuntui kuin pettäisin Villeä."

"Et sinä olisi voinut odottaa loppuelämääsi Villen heräämistä," Marja sanoi säälivällä äänellä.

"En. En kai olisi," Emilia sanoi ja katsoi maahan, "mutta kun minä olin ajatellut elää Villen kanssa loppuelämäni, niin tuntui väärältä rakastua Sebastianiin."

Tosin en enää tunne niin, vaan kaikki tämä tuntuu nyt oikealta.

"Olet kyllä ansainnut uuden onnen elämääsi," äiti tsemppasi vieressä.

197

"Kävimme Sebastianin kanssa sairaalassa, kun olimme Suomessa ja hän sanoi, ettei minun pidä päättää Villen kohtalosta hänen vuokseen, mutta vaikuttaahan hän väkisinkin siihen jonkun verran," Emilia sanoi ja katsoi äitiinsä, "mutta Sebastianin äiti sai minut tajuamaan eilen, että perhe on kaikista tärkein ja hän on oikeassa. Minun perheeni ei voi elää koskaan normaalia elämää, jos olen puoliksi Villen ja se olisi epäreilua Sebastiania kohtaan ja meidän tulevaa lastamme kohtaan."

No niin, sanokaa nyt joku jotain!

Olohuone oli hiljaa hetken aikaa.

"Siis tarkoitatko," äiti aloitti kysymään varovaisesti.

"Että minä olen raskaana ja vauva syntyy keväällä," Emilia sanoi ja odotti jännittyneenä reaktioita.

Äiti katsoi hetken Emiliaa silmät suurina ja sitten hän alkoi huutaa riemusta halaten Emiliaa samalla. Kaikki onnittelivat tulevaa äitiä ja tuntuivat olevan riemuissaan asiasta, jopa Villen vanhemmat.

Kun riemu alkoi laantua, jatkoi Emilia vielä, "haluan vain, että sanotte minulle, että teen oikean ratkaisun ja että pystyn elämään päätökseni kanssa."

"Pystyt sinä Emilia," Marja sanoi hymyillen, "tiedät ettei Ville enää herää ja sinun täytyy nyt keskittyä uuteen tulevaan perheeseesi."

"Kiitos Marja," Emilia sanoi ja ahdistus alkoi kadota hänen rinnastaan.

Taas valo viiltää taivaanrantaa
Se päivän yöstä erottaa
On tullut aika pois se antaa
Jota niin paljon rakastaa
Sen järjellä me ymmärrämme:
kun toinen lähtee, toinen jää
Vain pieni lapsi sisällämme
ei sitä tahdo käsittää
Hyvää matkaa, hyvää matkaa
Kulje kanssa enkelin
Hyvää matkaa, hyvää matkaa
Sinua paljon rakastin
Niin monet kerrat tähän rantaan
olemme tulleet ennenkin
Jättäneet kahdet jäljet santaan
Nyt yhdet vain vie takaisin
Siis hyvää matkaa ystäväni,
en enää puhu enempää
Tärkeimmän tiedät ja se riittää

Muu on nyt yhdentekevää
Hyvää matkaa, hyvää matkaa
Kulje kanssa enkelin
Hyvää matkaa, hyvää matkaa
Sinua paljon rakastin
(Markus Backström)

Emilia niisti nenänsä. Tuntui kuin itkemisestä ei tulisi koskaan loppua. Hän oli silti helpottunut omalla tavallaan, sillä Villen lähtö oli ollut kaunis ja nopea. Hoitajat olivat olleet ystävällisiä ja tukeneet myös hänen päätöstään. Vaikka Ville oli nukkunut koko ajan, oli hänen kasvoilleen siltikin tullut entistä levollisempi ilme, kun hän oli vetänyt viimeisen hengenvetonsa. Huone oli ollut täysin hiljainen hetki sen jälkeen, kun hänet oli irrotettu hengityskoneesta ja hiljaisuus oli melkein sattunut korviin. Viimeinkin hän oli saanut antaa suudelman Villen huulille, joita hän ei ollut pystynyt suutelemaan hengityskoneen vuoksi.

Emilia seisoi hississä Villen perheen ja vanhempiensa kanssa ja he menivät alas sanaakaan sanomatta. Hiljaisuus oli helpottavaa, sillä vaikka Ville oli ollut poissa jo kauan, niin silti lopullinen pois meno oli ollut raskasta ja kukaan ei jaksanut sanoa mitään.

Hissin ovet avautuivat ja Emilia etsi katseellaan Sebastiania, joka istui aulassa penkillä odottamassa. Sebastian nousi heti ylös heidät nähtyään ja tuli kietomaan Emilian halaukseen, jota hän tarvitsi kipeämmin kuin oli uskonutkaan.

"Hän on poissa nyt," Emilia sanoi ja Sebastian piteli hänestä yhä lujaa kiinni.

"Sinä selviät tästä," Sebastian sanoi.

Emilia irtautui Sebastianin syleilystä ja hymyili, "ilman sinua en selviäisi."

"Äiti soitti hetki sitten ja käski sanoa surunvalittelut," Sebastian sanoi ja otti Emiliaa käsistä kiinni, "hän pyysi, että järjestettäisiin perhepäivällinen, kunhan jaksat vaan matkustaa Turkkiin."

Viimeinkin olen osa sinun perhettäsi Sebastian.

Emilia nyökkäsi ja kääntyi Villen äitiin päin, "mennäänkö?"

Marja nyökkäsi ja he lähtivät kävelemään sairaalan ovea kohden. Emilia veti syvään henkeä ja haistoi vielä kerran sairaalan tuttua hajua. Yksi suuri luku hänen elämässään oli juuri päättynyt, eikä hän enää kävelisi Villen luokse tuttua käytävää pitkin ja silittäisi hänen poskeaan tai antaisi suudelmaa hänen punaisille huulilleen. Mutta hän tiesi, että Ville oli lähtenyt tietäen, että hän rakasti tätä tämän viimeiseen hengenvetoon saakka.

Emilia pyyhki vielä kyyneleen poskeltaan, huokaisi ja tunsi, kuinka Sebastian puristi hänen kättänsä lämpimästi. Emilian sydämeen tuli lämmin tunne ja hän tunsi olevansa onnellinen kävellessään kohti elämänsä uutta lukua.